Les * renvoient au lexique en fin d'ouvrage.

D'après *Jappeloup*, un film de Christian Duguay.

Loi n° 49-956 du 16 juillet 1949 sur les publications destinées à la jeunesse.
ISBN : 978-2-09-254413-6

N° d'éditeur : 10188873 – Dépôt légal : mars 2013
Imprimé en France
par Loire Offset Titoulet à Saint-Etienne

Gudule

JAPPELOUP

Le roman du film

D'après le scénario et les dialogues
de Guillaume Canet,
librement inspirés de la vie et
du parcours sportif de Pierre Durand
et de son cheval Jappeloup

Nathan

Chapitre 1

UN CHAMPION EN HERBE

La ferme est nichée au milieu des vignes. Murs de pierres polies par le temps et les intempéries, toit de tuiles plates, vastes écuries ; elle fait partie du paysage. Ce paysage d'ordinaire silencieux qui, en ce dimanche matin, résonne de cris, de rires, de hennissements...

Dans la cour, une vingtaine de personnes discutent avec animation. Des enfants en tenue d'équitation, accompagnés de leurs parents, se préparent à une épreuve de cross équestre*. Une grande première ! L'aboutissement du rêve de Serge et Arlette Durand, propriétaires de la ferme : former de jeunes cavaliers, et les initier aux parcours d'obstacles.

L'un de ces élèves se nomme Pierre; c'est leur propre fils. Un garçon audacieux, doué, qui, à douze ans, fait preuve d'une maîtrise exceptionnelle. Avec une fierté non dissimulée, ses parents le suivent des yeux tandis qu'il galope vers la forêt proche.

Les sabots du cheval claquent sur le sentier.

– Plus vite ! Plus vite ! le stimule Pierre, les dents serrées.

Il ne fait qu'un avec sa monture. Contre ses cuisses, il sent jouer les muscles puissants de l'animal. Le vent de la course siffle à ses oreilles.

– Plus vite ! Plus vite !

Sa bombe*, mal stabilisée, lui retombe sur les yeux. Il la relève d'un geste vif.

– Allez, mon beau ! Vas-y !

Le terrain est accidenté. Pour l'occasion, des obstacles ont été disséminés le long du parcours par les organisateurs. Mais Pierre connaît la musique ! Sans effort, son cheval saute au-dessus d'un tronc d'arbre, placé en travers du sentier.

– Oui, oui, c'est bien !

Un ruisseau, à présent, leur barre la route. D'un bond gracieux, l'animal le franchit, et se reçoit sur le limon instable de la rive, qui remonte en pente raide vers un nouvel obstacle… En un éclair, l'enfant réalise le danger, mais trop tard. Les sabots du cheval dérapent sur le sol glissant. Déséquilibré, il éjecte son jeune cavalier avant de s'écrouler à son tour dans la boue.

– Votre attention, s'il vous plaît, annonce une voix nasillarde dans le haut-parleur. Le concurrent Pierre Durand vient de faire une chute à la hauteur du gué. Une équipe de secours est demandée d'urgence.

Arlette, qui guettait le retour de son fils, pousse un cri strident :

– Mon Dieu, Pierre !

Elle se précipite, suivie de son mari, vers l'orée du bois. Quatre secouristes leur emboîtent le pas.

– Pierre... Pierre..., répète Arlette tout en courant.

– Calme-toi, l'exhorte son mari, le visage marqué par l'inquiétude.

Hors d'haleine, ils parviennent sur le lieu de l'accident où s'agite déjà tout un attroupement. Cavaliers, commissaires de pistes* et spectateurs entourent le jeune garçon qui gît par terre, en état de choc.

Les parents les écartent sans ménagement.

– Ça va, bonhomme ? dit Serge, en s'agenouillant près de son fils.

L'adolescent esquisse un faible sourire, puis se redresse.

– Ne bouge pas, surtout ! recommande Arlette, encore toute tremblante. Attends qu'on t'examine !

– Mais maman, je n'ai rien. Je suis juste un peu sonné.

– On le serait à moins, commente un spectateur. Vous auriez vu ce vol plané !

– On a craint le pire, assure un autre.

Un infirmier s'approche, mais Pierre le repousse.

– Je n'ai rien, je vous dis !

Il n'a d'yeux que pour son cheval qui se tient à l'écart, perturbé par sa propre chute. D'un pas encore chancelant, il le rejoint, le caresse.

– On s'est drôlement cassé la figure, nous deux, hein !

– C'était spectaculaire, mais il y a eu plus de peur que de mal, constate un commissaire avec soulagement, tandis que Pierre s'apprête à remonter en selle.

– Mais… que fais-tu ? s'interpose aussitôt sa mère. Descends tout de suite ! Un avertissement ne t'a pas suffi ?

– Laisse-le, il a raison, intervient Serge. Il ne doit pas rester sur cet échec.

Mais Arlette ne l'entend pas de cette oreille.

– C'est de la folie ! s'emporte-t-elle. Pierre, je te défends de…

– Arrête, maman, l'interrompt le garçon. Tu veux que je sois éliminé ou quoi ? En plus, il ne reste que six obstacles.

Bravant l'interdiction maternelle, il repart au galop. Arlette, hors d'elle, se tourne vers son mari et, d'une voix rauque, lui lance :

– Écoute-moi bien : moi vivante, c'est la dernière fois que ton fils met les pieds sur un parcours de cross ! Les obstacles fixes*, c'est trop dangereux. Qu'il saute des barres* en concours hippiques, d'accord. Au moins, elles tomberont, il ne se cassera pas dessus. Mais plus question qu'il risque sa vie pour satisfaire tes lubies… Tu m'entends ?

Pour seule réponse, Serge hausse les épaules. Chez lui, la fierté a balayé la peur. Pierre est, décidément, un sacré petit bonhomme !

Chapitre 2

NAISSANCE D'UN MYTHE

Sur le podium dressé, pour l'occasion, devant les box*, le maire de Saint-Seurin s'adresse au public, venu assister à la remise des prix.

– Je tiens tout d'abord à remercier notre hôte pour son initiative…

D'un geste, il désigne Serge Durand qui acquiesce en souriant.

– Viticulteur sur la commune, ce passionné d'équitation est venu me voir, un jour, à la mairie, pour me faire part de son souhait de créer un centre équestre, ainsi qu'un grand parcours de cross sur le territoire communal. Au début, je n'y croyais pas, mais ce diable d'homme s'est obstiné. Il a frappé à toutes les portes, obtenu toutes les autorisations. Et voici le résultat !

Un tonnerre d'applaudissements éclate,

que l'orateur interrompt d'un « hum, hum » impérieux.

– Même si son fils n'a pas eu beaucoup de chance aujourd'hui, ajoute-t-il, une fois le calme revenu, je vais lui demander de me rejoindre pour remettre le trophée au vainqueur.

Sous les bravos qui ont repris de plus belle, Serge s'exécute. Au premier rang, Pierre, beau joueur, applaudit à tout rompre.

Tandis que se déroule la cérémonie, un homme, un peu en retrait, l'observe du coin de l'œil. La soixantaine, les cheveux poivre et sel, un physique de gitan, il se nomme Henri Dalio et est venu « en voisin ».

Il écoute distraitement les noms des lauréats quand un « salut ! », chuchoté dans son dos, le fait se retourner.

– Ah, c'est toi ! Je t'attendais…

D'un signe de tête, le nouveau venu l'invite à le suivre vers un endroit désert où ils seront plus à l'aise pour parler.

– Alors, comme ça, toi aussi t'as chopé le virus ?

Le Gitan secoue la tête.

– Ce n'est pas pour moi, c'est pour ma petite-fille... Depuis la mort de ses parents, elle n'a plus goût à rien – sauf aux chevaux. Du coup, je lui ai promis qu'on allait faire de l'élevage. Oh, pas grand-chose, hein ! Un poulain par an, maximum.

Son interlocuteur – un maquignon nommé Charles Gouhaud – acquiesce en connaisseur.

– Tu as la place, chez toi ?

– Bien sûr : mes prés, à Jappeloup.

– Tu vas les mettre avec les vaches, tes canassons ? Tu n'es pas sérieux, là !

Il s'esclaffe, bientôt imité par Henri Dalio.

– T'inquiète pas pour ça, je me débrouillerai.

Tout en discutant, ils se rapprochent d'une bétaillère*, garée sur le parking, au milieu des vans*.

– Voilà le bestiau, dit Charles Gouhaud, en ouvrant le hayon.

Il fait descendre une jument couverte de boue séchée, dont le moins qu'on puisse dire est qu'elle ne paie pas de mine.

– Tu te moques de moi ? sursaute Henri Dalio. C'est une bête de course, ça ?

– Une pur-sang*, mon pote !

– Elle est maigre à faire peur.

– Tu l'aurais vue dans sa jeunesse ! Une beauté. C'est comme nous, hein : l'âge ne nous arrange pas. Et puis, elle a eu beaucoup de poulains…

Le Gitan pince les lèvres, fronce le nez. À l'évidence, il craint de se faire avoir.

– Pour 4 000 francs, je ne peux pas faire mieux, dit Charles Gouhaud. C'est bien le prix maximum que tu veux mettre, non ?

Enfin une parole sensée ! Henri Dalio approuve :

– Mouais, tu as raison… L'essentiel est que ce soit une bonne reproductrice.

– Ça, je te le garantis.

– Tu sais ce qu'on va faire ? Je te paie la moitié de la somme maintenant, et tu auras le reste à la naissance du petit. Ça te va ?

– D'accord… mais c'est bien parce que tu es un copain ! Tu connais déjà le « futur père » ?

– J'avais pensé à Tyroll 2, le trotteur* du haras* de Lugon. Il n'est pas cher… Mais est-ce recommandé de croiser une pur-sang avec un trotteur ? J'y connais rien, moi.

Le maquignon hausse les épaules.

– Tu fais comme tu veux, hein… Moi, Tyroll 2, je m'en méfierais : c'est un tocard.

Cette critique, à l'évidence, n'est pas fondée. Charles Gouhaud ne l'a émise que par pure politesse. Pour avoir l'air de s'intéresser. En réalité, maintenant que sa vieille jument est vendue, il ne se sent plus du tout concerné.

Henri, qui n'est pas dupe, sort quatre billets de 500 francs de son portefeuille et les lui tend, puis, s'approchant de son acquisition, il lui tapote affectueusement le front. La bête lève la tête, le regarde. Une sourde inquiétude se lit dans ses yeux ourlés de longs cils noirs.

– T'es belle… t'es très belle…, murmure Henri, ému.

En guise de réponse, la jument secoue sa crinière et souffle par les naseaux.

– Làààà… Làààà… tout va bien, la rassure-t-il. Une gentille petite maîtresse t'attend… Elle va te choyer, je te le promets !

Charles Gouhaud n'a pas menti. Quelques mois plus tard, la vieille jument est sur le point de mettre un poulain au monde.

Tandis que le vétérinaire s'active, sous le regard attentif d'Henri Dalio, sa petite-fille, Raphaëlle, caresse le museau de la jument pour la calmer. Malgré son jeune âge – huit ans à peine –, elle connaît d'instinct les gestes qui réconfortent, les intonations de voix qui apaisent.

« C'est atavique, dit toujours son grand-père, qui ne cache pas sa fierté. Chez nous, les Gitans, le sens du cheval est une seconde nature. »

Dans un ultime effort, la mère en sueur éjecte son petit qui tombe sur la paille comme un poids mort. Tout en lui prodiguant les soins habituels, le vétérinaire félicite ses heureux propriétaires.

– C'est un bel animal, tonique, vigoureux, et qui ne demande qu'à vivre. Croyez-moi, il vous donnera beaucoup de satisfaction !

Cette prédiction va se réaliser au-delà de toute espérance. Nous sommes le 30 avril 1975. Jappeloup vient de naître.

Chapitre 3

UN CHOIX DIFFICLE

Les années qui vont suivre verront le petit poulain croître et embellir, entouré de l'affection d'Henri et de Raphaëlle qui grandit, elle aussi. Tout en gardant ce petit air sauvage hérité de ses ancêtres – qui fait tant craquer son grand-père –, la blondinette maigrichonne s'est métamorphosée en une adolescente à l'allure sportive.

Pierre Durand, quant à lui, n'est pas demeuré en reste, les nombreux trophées qui garnissent sa chambre en attestent. Les pages de l'album familial permettent de mesurer ses progrès, ses combats, ses victoires. Feuilletons-le ensemble, voulez-vous ?

Ici, nous le voyons avec son père, dans le camion qui le mène vers un concours hippique. Leurs sourires, leurs regards, leurs gestes même, témoignent d'une merveilleuse complicité. Sur cette photo, l'adolescent brandit une coupe, sur celle-là, une autre, et plus loin, une troisième. Là, il saute un obstacle avec une maîtrise admirable ; ailleurs, il parade devant les spectateurs en délire. Ailleurs encore, il pose devant le paddock*, en compagnie de ses parents radieux. Ainsi, épreuve après épreuve, succès après succès, gravit-il les échelons de ce sport où, depuis son plus jeune âge, il excelle.

Serge Durand, convaincu que son fils fera une brillante carrière « dans le cheval », l'imagine déjà à la tête de la ferme équestre, dans laquelle, selon lui, il formera des champions – après avoir été champion lui-même. « Pierre a l'étoffe d'un grand entraîneur », répète-t-il à qui veut l'entendre. Aussi le jeune homme surprend-il tout le monde – à commencer par sa famille – lorsqu'il se lance dans des études de droit, reléguant l'équitation au second plan. Désormais, pour ce cavalier surdoué, monter ne sera plus qu'un hobby...

La déception de Serge est immense. Mais il n'en montre rien – ou presque.

La décision n'appartient qu'à Pierre, et à personne d'autre. Les rêves d'un père n'ont pas à peser sur l'avenir de son fils.

Un petit van est garé devant la fac de Bordeaux. Au volant, Serge Durand guette impatiemment la sortie des étudiants. Une compétition a lieu en région parisienne, et il a convaincu Pierre de s'y rendre.

Après bien des hésitations – et uniquement pour lui faire plaisir –, ce dernier s'est résigné à abandonner, le temps d'un week-end, ses chères études.

Un groupe de jeunes sort en se bousculant. Parmi eux, un garçon de vingt ans au visage ouvert, aux yeux malicieux, qui se dirige droit vers le camion.

– Ah, papa ! Tu es déjà là ?

– Oui, monte vite, on a une longue route.

Un peu à contrecœur, le garçon s'exécute. Un dernier signe à ses copains, un soupir bien vite étouffé…

– Comment va maman ?

– Mal, comme à chacune de tes compétitions, tu la connais. En voilà une qui appréciera de te voir quitter les champs de course pour le prétoire !

– Dommage qu'elle soit la seule.

C'est sorti presque malgré lui. Son père lui décoche un regard sans illusion.

– Je respecte ton choix, et je souhaite de tout cœur que tu réussisses dans la magistrature, mais ne me demande pas, en plus, d'en être heureux !

La suite du voyage se déroule en silence, à tel point que Pierre finit par s'endormir. Bientôt, on n'entend plus que son souffle régulier, et les coups de sabots du cheval – Laudanum, un étalon dans la pleine force de l'âge –, contre la paroi arrière du van.

Quand ils parviennent au but de leur voyage, il fait nuit noire.

– Allez, debout, champion !

Pierre entrouvre les yeux et, agressé par la lumière du jour, les referme aussitôt.

– Froid, grogne-t-il, en ramenant le duvet jusque sous son menton.

– J'ai fait du café, insiste son père. Ça te réchauffera.

Cette perspective achève de réveiller le jeune homme, qui s'étire longuement avant de descendre de sa couchette, aménagée au-dessus de la cabine du conducteur.

Dans le vaste pré qui sert de parking, Serge a dressé une table de camping et beurre les tartines du petit déjeuner. Pierre le rejoint, caressant, au passage, Laudanum qui piaffe d'impatience dans la remorque.

– Mmmm, ça sent bon !

Il mord à belles dents dans le pain chaud, et tout en mâchant, observe les camions des autres concurrents qui arrivent peu à peu. Leur petit van fait piètre figure par rapport aux gros véhicules conduits par des palefreniers*, et aux luxueuses voitures des cavaliers !

Une BMW se gare à côté d'eux et deux jeunes gens en sortent.

– Eh, les romanichels ! crie l'un d'eux. On vous a déjà dit de ne pas camper ici !

Pierre lève les yeux au ciel.

– Très drôle.

Ils se serrent la main, et tandis que les nouveaux venus s'éloignent, Pierre se tourne vers son père avec un soupir.

– Fais pas cette tête-là, lui lance ce dernier en riant. Ce n'est pas bien méchant, tu le connais.

– Un peu, que je le connais ! Aussi bête que son père…

– Bah, attends que tu ailles à Rome et que tu commences les internationaux ; ils te parleront autrement, ces fichus gosses de riches !

Toujours ces espoirs, ces projets, auxquels Pierre adhère de moins en moins… Il prend le temps d'avaler une gorgée de café avant de répondre, d'une voix posée :

– Ce n'est pas demain la veille.

– On en reparlera quand d'Orgeix t'aura vu monter, ce week-end.

Décidément, Serge ne désarme pas. Toujours cet espoir insidieux que, contre toute logique, il continue de caresser : faire de son fils un champion équestre… Pierre termine sa tasse en silence et, sans rien dire, gagne la carrière* d'obstacles où aura lieu le concours.

Concours qu'il gagnera, comme tous les autres, mais sans y trouver un regain de motivation. Contrairement à son père qui rayonnera de bonheur…

Chapitre 4

Un animal rebelle

Durant toutes ces années, l'élevage d'Henri Dalio a prospéré. Une demi-douzaine de chevaux occupent maintenant les pâtures d'alentour. À côté de la ferme, une carrière de sable assez rustique, garnie de barres d'obstacles écaillées par le temps, sert de piste de travail. Jappeloup, monté par Raphaëlle, galope vers l'un deux.

– Allez, va, va ! le stimule l'adolescente.

Mais le petit cheval noir est rebelle. Il fait mine d'obéir, prend son élan… et au dernier moment, se dérobe d'un brusque mouvement de reins, désarçonnant sa cavalière qui ne s'attendait pas à cette feinte. Avec un cri d'effroi, Henri se précipite, l'aide à se relever.

– Ça va, ma chérie ? Tu ne t'es pas fait mal ?

Raphaëlle, vexée, époussette ses vêtements et masse son épaule endolorie.

– Oh, la teigne ! râle-t-elle.

Comme elle se précipite pour rattraper Jappeloup, son grand-père l'arrête.

– Laisse tomber, je n'ai pas envie que tu risques une nouvelle chute. Si ce satané canasson ne veut pas sauter, inutile de l'obliger…

– Mais hier, il l'a bien fait !

Quand Raphaëlle se fâche, elle retrouve sa moue d'enfant. L'espace d'un instant, Henri la revoit, lorsqu'elle est venue habiter chez lui. Une fillette brisée par le destin, disant non à tout, refusant la joie, le plaisir, la vie… C'est grâce aux chevaux – et à Jappeloup en particulier – qu'elle a réappris à sourire. Cela mérite bien un peu d'indulgence !

– Les jours se suivent et ne se ressemblent pas, remarque-t-il, philosophe. Allons, rentre-le, vous avez assez travaillé pour aujourd'hui. Surtout dans ces conditions !

Il a raison, et Raphaëlle le sait. Le petit cheval noir est plus têtu qu'elle. Quoi qu'elle dise ou fasse, elle ne sera jamais de taille à le faire plier.

– Bon, d'accord, admet-elle, en s'élançant derrière l'animal qui trottine en zigzag, les rênes* pendantes.

Puis, subitement, une angoisse l'étreint. Se retournant vers son grand-père, elle interroge, la gorge serrée :

– Tu ne vas pas le vendre, quand même ?

La question se pose depuis des mois, repoussée, à chaque fois, par l'un comme par l'autre.

– Je n'en sais rien, ma puce, avoue le Gitan. Il faudrait déjà que quelqu'un le prenne en main, ce dont ni toi ni moi ne sommes capables. Toi, tu es trop gentille, et moi, je n'ai plus l'âge.

Raphaëlle baisse la tête. Son grand-père a raison : le petit cheval noir n'en fait qu'à sa tête. Il serait vraiment temps qu'il soit « éduqué » ! L'attrapant par la longe*, elle l'entraîne à pas lents vers l'écurie.

– Tu ne pourrais pas faire un effort, non ? lui murmure-t-elle tout en marchant. Par ta faute, nous allons sans doute être séparés… On ne s'entend pas bien, tous les deux ?

Comme s'il comprenait le tendre reproche, Jappeloup frotte doucement son museau dans ses cheveux. Raphaëlle étouffe un soupir. Ce geste d'affection, après les heures de bras de fer qu'ils viennent de vivre, lui fait monter les larmes aux yeux.

– Voyou, va ! souffle-t-elle, en embrassant les naseaux tièdes du cheval.

Henri Dalio a beau réfléchir, il ne voit qu'une seule personne capable de domestiquer Jappeloup : le fils de son voisin, Pierre Durand. Un vrai crack, capable d'obliger ses bêtes à se surpasser et à donner le meilleur d'elles-mêmes.

Mais le jeune homme acceptera-t-il ? Depuis quelque temps, on le voit de moins en moins souvent à Saint-Seurin. Il semble plus préoccupé par ses études que par les chevaux…

« Bah, qui ne tente rien n'a rien », se dit le Gitan.

Il rejoint Raphaëlle dans l'écurie où elle bouchonne* Jappeloup, dont la robe* est trempée de sueur, et lui fait part de ses réflexions. Bien que l'idée de confier son cheval bien-aimé à des mains étrangères révulse la jeune fille, force lui est d'admettre que son grand-père n'a pas tort. Pierre est sans doute le seul capable de venir à bout du petit cheval noir. Elle le connaît, il sait s'y prendre…

– J'aime mieux lui qu'un autre, soupire-t-elle.

– Alors, allons-y !

Sans tergiverser, le vieil homme les embarque tous deux dans sa camionnette, et se rend à la ferme équestre. Il y trouve Serge en grande conversation avec Francis, un ami de la famille et, en quelques mots, leur explique de quoi il retourne.

Tandis qu'ils discutent, le véhicule, garé sur le parking de la ferme, remue sous les coups répétés du cheval attaché à l'intérieur.

– Il a l'air énergique, dites donc ! remarque Serge d'un air perplexe.

Henri décoche un regard de biais à sa petite-fille.

– Ça, c'est sûr ! répond-elle timidement.

– Et puis, c'est son premier voyage, s'empresse d'ajouter Henri. Au départ, je voulais le garder pour Raphaëlle, mais il est vraiment trop compliqué. En plus, elle n'a pas le niveau. Mais il a un vrai coup de saut. Et vu les résultats de votre fils au Championnat de France, je me demandais s'il ne voudrait pas le voir sauter pour…

– Pour ?

– Ben, s'en occuper, peut-être… Le former pour les épreuves d'obstacles…

Serge Durand se mord les lèvres. Sans le savoir, Henri l'a touché là où ça fait mal.

– Je ne peux rien vous promettre, prévient-il, avec un léger embarras. Pierre a changé, depuis qu'il a eu son bac. Les chevaux l'intéressent de moins en moins…

– Ah ?

– Il veut devenir avocat.

– Et dans ses moments de loisir ?

– Il n'en a pas beaucoup : les sorties, les filles…

Le ton de sa voix trahit ses regrets.

– C'est de son âge, le réconforte Henri, en suivant des yeux Raphaëlle qui, profitant de leur conversation, descend Jappeloup du camion.

Le cheval, complètement stressé par ce lieu inconnu, est en nage. Il lance des œillades affolées autour de lui, les naseaux grands ouverts, la tête haute, en tirant nerveusement sur ses rênes.

– Tout doux… Tout doux…, tente de le calmer l'adolescente.

Rien n'y fait. Jappeloup se cabre, rue, s'agite. Il est véritablement hors de lui.

– Essaie de le détendre, crie Serge à Raphaëlle. Pierre ne devrait plus tarder et s'il le trouve comme ça…

S'adressant à Henri :

– Ne vous étonnez pas s'il commence par refuser, c'est assez dans ses habitudes, ces derniers temps. Mais je suis sûr qu'il trouvera bien dix minutes pour le monter.

Chapitre 5

Première rencontre

Un bruit de moteur l'interrompt.

– Tiens, quand on parle du loup !

Une vieille Renault 5 pénètre en trombe dans la cour de la ferme, et se gare dans un crissement de pneus. Pierre en jaillit, ouvre son coffre, en sort des chaps* en cuir et les enfile. Puis il fonce vers la carrière où Raphaëlle galope sur Jappeloup et, sans leur accorder un regard, interpelle un palefrenier accoudé à la barrière :

– Cédric, tu peux me seller Laudanum ? Vite, s'il te plaît, je suis pressé !

– Pas très causant, le loustic, marmonne Henri, surpris par cette attitude.

Serge, en revanche, ne s'en offusque guère. Il a l'habitude ! En souriant, il s'avance vers son fils.

– Bonjour, Pierre.

Le jeune homme, qui semble enfin s'apercevoir de leur présence, lui rend son sourire.

– Bonjour, papa.

– Tu connais monsieur Dalio ?

– Oui, on s'est déjà vus à plusieurs reprises... Vous êtes éleveur, non ? Et vous venez de temps en temps aux épreuves de cross ?

Bon, le « loustic » est moins rétif qu'il n'y paraît à première vue. Comme Jappeloup, quoi... Cette constatation réconforte Henri, qui y voit un bon présage.

– Ça m'est arrivé, répond-il en serrant la main tendue. Et j'ai pu admirer vos performances. C'est la raison pour laquelle je suis là...

– Monsieur Dalio nous a amené un cheval qui ne manque pas de qualités, intervient Serge.

Du menton, il indique l'animal sur lequel caracole toujours Raphaëlle. Pierre lui lance un rapide coup d'œil, plus poli qu'intéressé.

– C'est un trotteur ?

– Oui... enfin, son père l'était, mais lui est croisé avec une pur-sang.

Si le Gitan espérait que cette information

« accroche » Pierre, il s'est trompé. Ce dernier fait la grimace.

– Ce n'est pas un cheval d'obstacles, alors ?

Tout ce que sous-entend cette question n'échappe pas aux deux hommes. En gros : cette bête ne m'intéresse pas, je ne pourrai jamais rien en faire. Ils échangent un regard furtif.

– Quel âge a-t-il ? interroge Serge, histoire de relancer la conversation.

– Quatre ans.

Nouvelle grimace de Pierre.

– C'est un petit modèle... Et il n'a pas l'air d'avoir beaucoup d'équilibre.

– Avant de le critiquer, fais-le au moins sauter, s'énerve son père. Que ton opinion repose sur une réalité, pas sur une impress...

Un petit hennissement impatient l'interrompt. Cédric amène Laudanum, fin prêt pour l'exercice.

– Je n'ai pas le temps, papa, proteste Pierre, en l'enfourchant. Dans une heure, je dois rentrer à Bordeaux pour bosser.

Puis, se tournant vers Henri Dalio :

– Je suis désolé, je ne peux rien pour vous.

Revenez dans un an, quand votre cheval aura fini sa croissance !

La réflexion est désinvolte, presque insultante. Une fin de non-recevoir. Bien que vexé, le Gitan encaisse sans rien dire.

Tandis que le cavalier se dirige vers la carrière, Serge, gêné par son attitude, crie à Raphaëlle – suffisamment fort pour que son fils l'entende :

– Eh bien moi, j'aimerais bien voir ce qu'il a dans le ventre, ce « petit » cheval ! Tu veux lui faire sauter ce croisillon, ma grande ?

La jeune fille interroge son grand-père des yeux ; craignant un nouvel échec, il détourne les siens. Il a eu sa dose d'humiliation !

– Je ne pense pas qu'elle puisse..., commence-t-il.

– Allons, insiste Serge, c'est ce qu'on a de plus bas. Un poulain le franchirait sans difficulté.

– Je le sais, mais...

Consciente de son embarras, Raphaëlle décide de jouer le tout pour le tout.

– On va leur montrer de quoi on est capables, hein ! glisse-t-elle à Jappeloup, en le stimulant d'une pression des jambes.

Docilement, le cheval prend son élan, trotte vers l'obstacle... et au dernier moment, rentre la tête dans le poitrail, arrondit le dos, et la projette violemment au sol.

Pierre, qui observait la scène sans en avoir l'air, pousse une exclamation, stoppe sa monture et saute à terre.

– Ça va ? Tu ne t'es pas fait trop mal ? s'inquiète-t-il, en aidant la jeune cavalière à se relever.

Apparemment, si. Elle est blême et se masse le dos en gémissant. Son grand-père la rejoint, tenant par la bride* le cheval rétif.

– Allez, viens, on rentre.

Il la ramène vers le camion en la soutenant, sous le regard perplexe de Serge et Pierre.

– J'ai jamais vu ça, moi, commente ce dernier. On ne présente pas un animal dans cet état. Il est sale, pas toiletté, pas musclé… On dirait un cheval de club !

Le pire, c'est qu'il n'a pas tort. Son père approuve, étonné.

En haussant les épaules, Pierre remonte sur son cheval.

– Papa, tu peux mettre les barres, s'il te plaît ?

– Tu vas le faire sauter sans le détendre avant ? Ce n'est pas très prudent…

Pousser un cheval « à froid » va à l'encontre de toutes les règles d'équitation. D'un geste désinvolte, Pierre balaie ses réticences de cavalier expérimenté.

Serge s'exécute à contrecœur. Décidément, son fils a bien changé…

Chapitre 6

La décision de Pierre

Pierre, allongé sur son lit d'hôpital, a un poignet dans le plâtre, des contusions... Même si ses blessures ne sont pas trop graves, elles l'immobilisent pour un bon moment. Comme les séquences d'un film, les événements qui l'ont mené là repassent en boucle dans sa tête, accompagnés d'un cortège de questions. Pourquoi cet accident ? Quelles erreurs a-t-il commises ? À quel moment a-t-il perdu la maîtrise de son cheval ?

« Mon premier concours international... Quelle catastrophe ! »

Tout avait si bien commencé, pourtant. Il se revoit, entrant en piste sur Laudanum, au mieux de sa forme. Le jury l'observe avec intérêt. Certains spectateurs, qui ont déjà assisté à ses précédentes performances, l'applaudissent en criant son nom. Il se sent porté par leur enthousiasme et sait qu'il communique son aisance au cheval. Ils vont remporter cette épreuve « haut la main » !

D'une inclinaison de tête, il salue la foule, puis démarre au galop. Le cheval franchit les premières barres sans effort quand soudain…

Que s'est-il passé exactement ?

« Une erreur de calcul digne d'un débutant », estime Pierre.

En plein parcours d'une ligne droite à cinq foulées, il retient Laudanum, pour l'obliger à faire une foulée de plus. L'animal, coupé dans son élan, rate son saut et vient s'écraser dans l'énorme oxer*. Pierre est projeté violemment au sol. Le cheval le bouscule en tentant de l'éviter, puis part au galop sur la piste. Et dans le grondement de ses sabots, on entend Arlette qui hurle…

– Pierre !

Le jeune homme ouvre les yeux. La voix qui vient de prononcer son nom est la même que dans son souvenir.

Il s'efforce de sourire.

– Maman…

– Je viens de voir le docteur, tu l'as échappé

belle ! La peur que j'ai eue, tu ne peux pas savoir.

Derrière elle se profile la silhouette de Serge.

– Elle n'est pas la seule.

Arlette se retourne d'un bloc :

– Oui mais toi, tu ne l'as pas volé ! Tu as tout fait pour qu'il participe à ce concours.

Son mari émet un petit ricanement.

– Oh, je ne parlais pas de moi, mais du propriétaire de Laudanum…

– Jean-Marie ? s'étonne Pierre. Pourquoi ? Le cheval est blessé ?

– Non, mais c'était moins une. Il y a des erreurs qui ne pardonnent pas.

– Comment peux-tu te préoccuper d'un cheval, quand ton fils… ? intervient Arlette, l'air désapprobateur.

– Ça va, maman, l'interrompt Pierre, agacé.

– Jean-Marie est inquiet de la manière dont tu gères ton temps, poursuit Serge. Il craint que tu aies « perdu la main ». L'équitation de haut niveau ne se fait pas en dilettante.

Cette fois le reproche est clair.

– Si je suis tombé, c'est parce que le cheval est parti trop tôt, rétorque Pierre, piqué au vif.

J'étais un peu fatigué, je n'ai pas anticipé la manœuvre. Point barre.

– C'est exactement ce que je dis : tu étais fatigué. Tu ne peux pas à la fois faire face à tes études et à des concours internationaux. Il va falloir choisir…

– C'est tout choisi, intervient fougueusement Arlette.

– Maman ! répète Pierre un ton plus haut.

– Tu aurais pu te tuer, mon chéri !

– Je suis bien vivant, alors, n'en parlons plus. Quant à toi, papa… Je ne comprends pas très bien où tu veux en venir. Tu me conseilles d'arrêter, c'est ça ?

L'incrédulité perce dans sa voix.

– Non, répond Serge, en posant doucement sa main sur la sienne, je veux juste que tu te sentes libre de tes actes. Tu n'as qu'une envie : entrer dans la vie active et t'assumer financièrement. Si, pour ça, tu dois renoncer à la compétition, je comprendrai très bien…

Ces sages paroles déstabilisent son fils. Bien que cette façon de penser soit, depuis toujours, la sienne, c'est la première fois qu'il l'exprime aussi clairement.

Pierre se mordille les lèvres et regarde tour à tour ses parents.

– C'est difficile, soupire-t-il.

– Pourquoi ?

– Parce que… maman et toi, vous avez tout misé sur ces concours – même si, maintenant, elle fait marche arrière…

– Mais, je…, proteste Arlette.

– Tu m'as formé, papa, enchaîne Pierre sans s'interrompre. Tu m'as accompagné pendant des années. Je vois bien à quel point ces concours sont importants pour toi. Tout ce que tu gagnais, tu l'as mis dans les écuries, le camion… Je ne voudrais pas te décevoir.

– Tu crois que je serai déçu, si tu deviens avocat ?

C'est un cri du cœur – pas tout à fait sincère. En tout cas, Pierre le perçoit comme tel.

– Un peu, murmure-t-il.

– Tu te trompes, je serai fier, au contraire. Quant à l'argent qu'on a dépensé, c'était aussi pour nous, figure-toi, hein, Arlette ! C'est vrai que ça nous rendait heureux de te voir à cheval, mais parce que tu aimais ça. Si ce n'est plus le cas, n'hésite pas, mon grand !

– D'autant que tu pourras continuer à monter, en amateur, renchérit Arlette, ravie de la tournure des événements.

Son fils approuve avec chaleur.

– Il n'est pas question que je cesse complètement, évidemment. Dès que j'aurai une situation professionnelle, rien ne m'empêchera de refaire des petits concours de temps en temps.

La cause est entendue. Bien qu'il feigne d'en être satisfait, Serge ne peut cacher sa tristesse.

– Finis tes études, vois si le grand avocat dont tu nous as parlé… Comment s'appelle-t-il, déjà ?

– François Wolf.

– C'est ça, s'il veut toujours s'associer avec toi, le reste viendra en son temps.

Il se lève et, d'un pas lourd, se dirige vers la porte.

– Je vais demander au médecin à quelle heure il te libère.

Tandis qu'il s'éloigne, Arlette, restée près de son fils, lui passe tendrement la main dans les cheveux.

– Tu as pris la bonne décision, assure-t-elle.

Chapitre 7

Nadia

Les gradins sont pleins à craquer, en ce jour de printemps 1980. Le Concours régional d'Aquitaine draine une foule nombreuse. Sur le parking, Serge et Arlette Durand discutent avec Henri Dalio quand une Golf noire, dernier modèle, se gare près d'eux. Pierre en descend et leur sourit.

– Chéri ! s'écrie sa mère, en se précipitant vers lui. Comme tu es élégant !

– Notre brillant avocat a délaissé son cabinet pour le paddock, ajoute Serge avec humour. Je suis content de te voir.

– Moi aussi, papa.

Il hume, avec un plaisir non dissimulé, l'odeur des chevaux.

– Ça fait si longtemps…

– Deux ans, au moins, intervient Henri Dalio. Vous vous souvenez de moi ?

Pierre hoche la tête, sourit à nouveau.

– Bien sûr ! Comment allez-vous, monsieur Dalio ?

Ils se serrent la main.

– C'est à moi de vous demander ça. Vous ne montez plus, m'ont dit vos parents ?

– Eh non, je n'ai plus le temps, mais, ça me manque. Quand je vois mes amis de l'époque, l'ambiance, tout ça…

Il s'interrompt pour faire signe à un cavalier qui lui lance, de loin :

– Oh ! Un revenant !

– Toutes tes vieilles connaissances vont apprécier ton retour, commente Serge. On me demande si souvent de tes nouvelles. Personne ne comprend ta « disparition » !

D'un geste léger, le jeune homme balaie ce qu'il perçoit comme un regret.

– Je n'allais quand même pas faire des concours toute ma vie ! J'avais d'autres priorités…

– Et comment ! approuve sa mère.

S'adressant à Henri Dalio :

– Il vient de s'associer avec l'un des plus grands avocats de Bordeaux.

– Félicitations. Et je suppose que... Oh, excusez-moi !

Un petit cheval noir, monté par une jeune femme brune, vient d'entrer en piste. Sans le quitter des yeux, le Gitan gagne les gradins où l'attend sa petite-fille.

– Tu le reconnais ? interroge Serge.

– Qui ça ?

– Ce cheval, pardi ! C'est Jappeloup, que tu as refusé d'essayer, il y a deux ou trois ans. Je l'ai vu sauter hier, et je peux t'assurer qu'il a un vrai potentiel...

– À mon avis, il se souvient plus de la cavalière que de sa monture, glousse Arlette.

Elle décoche un clin d'œil à son fils, qui y répond par un rire complice.

– Pourquoi ? s'étonne Serge. C'est qui ?

– Nadia. Tu ne l'as pas reconnue ? Elle faisait les championnats junior avec Pierre.

Serge secoue la tête.

– Et pourquoi devrait-il spécialement se souvenir d'elle ? interroge-t-il.

Puis, devant l'hilarité de sa femme et son fils, il réalise :

– Ah, parce que tu… Celle-là aussi ? Ma parole, il te les faut toutes, bougre de don Juan !

D'un faux air courroucé, il leur tourne le dos et se dirige vers la carrière, car il ne veut pas rater le parcours de Jappeloup.

– Maman, dit Pierre en le suivant des yeux, tu ne le trouves pas fatigué, papa, en ce moment ?

Le sourire s'éteint sur les lèvres d'Arlette. Elle semble désemparée, soudain.

– Sa santé se dégrade ? insiste Pierre.

– Vous venez ? leur crie Serge de loin. Ça commence !

Avec un regard qui signifie « on en reparlera plus tard », sa femme et son fils le rejoignent en courant.

Au même moment, Jappeloup aborde le premier obstacle par un saut disproportionné.

– Non mais, tu as vu ça ? s'extasie Serge. Quelle puissance ! Quel ressort !

Mais Pierre reste insensible aux performances équestres. Il n'a d'yeux que pour son père, ses cernes, ses traits tirés…

Un autre obstacle se présente, que Jappeloup franchit avec une surprenante aisance.

– Regarde-le, il s'envole ! trépigne Serge.

À l'évidence, il tente de communiquer son enthousiasme à Pierre – mais n'y réussit guère.

– En tout cas, il n'a pas beaucoup grandi, remarque ce dernier du bout des lèvres. Il est minuscule, ce cheval !

À présent, Jappeloup arrive sur un double obstacle, prend son élan… et au dernier moment, pile avec violence. Le public, tétanisé, émet un « oh ! » déçu, mais, contre toute attente, Nadia reste en selle. Elle réprimande le cheval et revient tranquillement sur l'obstacle. Pour la seconde fois, le cheval refuse.

Au troisième essai, la cloche éliminatoire retentit et Nadia quitte la piste au pas.

– Dis donc, il te donne du mal, ton poney ! lui lance Pierre, comme elle passe près de lui.

Tout d'abord agressée par son ton ironique, la cavalière le reconnaît et lui sourit.

– Comment va, l'avocat ? Ça faisait longtemps…

Elle ne précise pas ce que recouvre ce « longtemps », qui n'est certainement pas dénué d'arrière-pensées.

– Trop ! affirme Pierre.

Entre eux passe un moment de grâce. Des souvenirs communs qui ne sont pas uniquement liés à l'équitation. Comme le silence se prolonge, Pierre le trouble d'un : « Alors, qu'est-ce que tu deviens ? » volontairement léger.

– Ben… Je n'ai plus ma jument de Grand Prix, alors, en ce moment, je reprends des jeunes chevaux. Notamment ceux que tu ne daignes même pas monter.

La plaisanterie dissipe l'instant magique. Avec un petit rire, Pierre flatte les naseaux de Jappeloup.

– Il n'était pas dans cet état quand je l'ai

vu… Et puis, franchement, il n'a pas l'air d'un crack, non plus !

D'un haussement d'épaules, Nadia relativise ce jugement hâtif.

– Pfff, tu n'as jamais eu l'œil pour voir un bon cheval… C'est comme pour les filles !

Et, sur ces paroles qui en disent long, elle s'éloigne, le laissant à la fois perplexe et amusé.

Chapitre 8

CHANGEMENT DE PROPRIÉTAIRE

Amusé –et perplexe– Pierre l'est plus encore quand le téléphone sonne dans son bureau.

– Allô ?

Au bout du fil, une voix féminine.

– Tu m'as appelée ? Qu'est-ce qu'il te prend ? Les Bordelaises ne te suffisent plus ?

Ça, c'est du Nadia tout craché !

– Houlà, tu es en pleine forme, toi, s'esclaffe le jeune homme. Rassure-toi, je voulais juste t'inviter à dîner, en bons copains.

– En bons copains, tu es sûr ?

– Parole !

– Alors, d'accord.

Il raccroche, tout sourire. Ce sourire ne le quittera pas jusqu'au soir. La perspective d'un tête-à-tête avec son flirt d'adolescent l'enchante littéralement.

« Elle a raison, Nadia : qu'est-ce qu'il me prend ? » se demande-t-il tout au long de la journée.

La même question le hante durant le repas, où ils évoquent tous deux leurs anciens souvenirs, avec force gloussements et fous rires. Puis les rires se transforment en sourires complices, en propos plus intimes, en confidences…

Lorsque sonne minuit, ils ont le sentiment de ne jamais s'être quittés.

C'est légèrement éméchés qu'ils regagnent la Golf de Pierre.

La fatigue aidant, le silence s'installe. Les rues se succèdent, puis la voiture s'engage sur une route de campagne, bordée de vignobles. Ici, plus de lumières; la lune éclaire le paysage d'une clarté bleutée. Les phares de la voiture projettent, sur l'asphalte, deux faisceaux parallèles.

Les paupières alourdies par le sommeil, Nadia les fixe, hypnotisée, quand la voiture s'arrête devant une grande maison, entourée de hauts murs.

– Te voilà rendue, miss.

– Ça ira, pour rentrer ? s'enquiert la jeune fille en étouffant un bâillement. Tu n'es pas trop fatigué ?

– T'inquiète, je vais aller dormir chez mes parents. Je n'ai pas de rendez-vous avant onze heures, demain.

– Excellente idée, ça leur fera plaisir.

Elle ouvre la portière, puis, sans crier gare, se tourne vers le conducteur et l'embrasse.

Avant qu'il ait eu le temps de réaliser, elle est déjà dehors et, tel un feu follet, se fond dans la pénombre.

Ce sont des cris d'enfants qui réveillent Pierre. Il ouvre les yeux et, dans un demi-sommeil, son regard fait le tour de la pièce. Avec un plaisir évident, il contemple les trophées de son adolescence : coupes, photos, statuettes, coupures de journaux.

« Une chambre à la gloire du cavalier que j'étais », pense-t-il, avec un brin de nostalgie.

Sur la table de chevet s'étalent des clichés, des lettres, qu'il a extirpés du fond de ses tiroirs, hier, avant de se coucher. Il les feuillette, en extrait une photo de Nadia et lui, l'examine longuement. Puis, avec un petit sourire satisfait, il se lève.

Par la fenêtre, il peut voir une dizaine de jeunes cavaliers, s'entraînant sous la direction de son père.

« C'est vrai qu'il a mauvaise mine », ne peut-il s'empêcher de penser.

Et aussitôt, sa bonne humeur s'envole.

Quelques instants plus tard, il gagne

la cuisine où sa mère achève de petit-déjeuner.

– Bonjour, maman. Ça va ?

– Très bien… Attends, je préviens ton père que tu es levé, il a quelque chose à te dire.

Elle ouvre la porte-fenêtre et appelle son mari, qui rapplique aussitôt.

– Bonjour, fiston.

– Alors, qu'est-ce qui se passe ? s'enquiert Pierre, intrigué – et vaguement inquiet.

Serge fronce les sourcils.

– Ta mère a vendu la mèche ? Tu as vendu la mèche, Arlette ?

Une double dénégation lui rend son sourire.

Et c'est en jubilant intérieurement qu'il annonce :

– J'ai décidé d'acheter Jappeloup. Dalio veut s'en débarrasser : il n'a plus de cavalier pour le monter. Nadia…

– … le lui a rendu, oui, je sais.

– Ah ? Tu l'as vue récemment ?

C'est Arlette qui a posé la question. Son brusque intérêt gêne Pierre.

– Hier soir, répond-il avec désinvolture, avant d'enchaîner, très vite : elle m'a dit qu'elle n'y arrivait pas. Il est trop rétif, trop sauvage. Tu es sûr que c'est une bonne idée ?

La réponse de Serge sonne comme un reproche à ses oreilles.

– Oui.

– Bah, après tout, ce ne sont pas mes oignons, se défile Pierre, avant d'annoncer : il faut que j'y aille, moi, j'ai un rendez-vous.

Cette fois, il est bel et bien en dehors du coup.

Chapitre 9

Les prémices d'une grande histoire

Deux cavaliers sortent côte à côte de l'écurie des parents de Nadia, pour arpenter la vaste propriété boisée. Au pas tranquille de leurs chevaux, ils discutent, profitant du soleil, du chant des oiseaux, de la douceur de cette belle matinée d'été.

De temps à autre, ils se sourient. Quelque chose de très tendre passe entre eux. Un sentiment diffus, fait de souvenirs, de connivence, d'une attirance mutuelle. Du plaisir partagé de cette promenade équestre…

– Si mon père sait que je suis venu monter chez toi, il va piquer sa crise, remarque Pierre.

Nadia lui lance un regard surpris.

– Pourquoi ?

– Parce qu'à chaque fois que je vais chez lui, il me propose de monter à cheval.

– Et tu refuses ?

Pierre hoche la tête.

– Pour quelle raison ?

Petit haussement d'épaules incertain, un peu piteux. Sentant qu'elle a touché un point sensible, Nadia n'insiste pas.

– Comment va-t-il, au fait ?

– Mon père ? Bof-bof. Le cardiologue lui a ordonné d'arrêter la cigarette et l'alcool, mais tu le connais. Il prétend qu'il préfère mourir plus jeune sans s'être privé, plutôt que vieillir frustré. Enfin… c'est ce qu'il dit à ma mère, moi, il ne m'en parle jamais.

– Ah bon ? Comment ça se fait ?

Pierre se mordille nerveusement les lèvres.

– Si tu ne veux pas répondre, je n'insiste pas, se rétracte Nadia.

– Non, simplement, nous nous sommes beaucoup éloignés l'un de l'autre, ces dernières années. Il a mal supporté que j'arrête l'équitation. Lui, il ne vit que pour ça, tu comprends ? C'est un peu comme si je l'avais trahi… Parfois, je me dis que c'est ma faute s'il est malade.

L'aveu est sorti d'un seul coup, presque à

son insu. Un abcès secret qui crève subitement.

– N'importe quoi ! proteste Nadia.

– Je t'assure, ça le rend dingue que je ne sois plus aux écuries. Parfois, je suis tenté de plaquer tous mes projets et de reprendre la compétition, juste pour lui. Qu'il me revoie en concours, qu'il parte avec ces images-là… Sa voix se brise. Doucement, Nadia pose la main sur son bras.

– Tu en as envie, ou ce serait un sacrifice ?

Pierre reste silencieux. Cette question, il y a des mois qu'il se la pose. Et il n'a pas encore trouvé de réponse.

– Si tu en as envie, il faut le faire, insiste Nadia.

Et comme pour donner plus de poids à ses paroles, elle l'attrape par sa veste, le tire à elle, et l'embrasse fougueusement.

L'aube se lève sur Bordeaux. Les yeux bouffis par une nuit d'insomnie, Pierre sort de chez lui. D'un pas rapide, il arpente les rues qui le mènent à son bureau, et s'arrête devant la porte cochère d'un luxueux immeuble. Une plaque de cuivre toute neuve y brille de mille feux : François Wolf et Pierre Durand, avocats à la cour.

Un long moment, il la contemple. S'éloigne. Revient. Puis il regarde sa montre et, prenant une brusque décision, monte dans sa voiture garée un peu plus loin et démarre.

Lorsqu'il parvient à la ferme paternelle, tout le monde dort encore. Sans hésiter, il se dirige vers le box de Jappeloup.

C'est leur premier face-à-face. Pierre fixe l'animal dans les yeux, sans ciller ; Jappeloup, la tête haute, soutient fièrement son regard. L'affrontement muet dure, dure… Chacun des deux cherchant à intimider l'autre, et n'y parvenant pas.

Enfin, Pierre rompt le charme, et, en trois enjambées, gagne la petite maison accolée aux écuries qu'occupe le palefrenier.

Une lumière, derrière les rideaux, l'avertit que ce dernier est déjà sur pied.

– Gilles ! appelle-t-il, en toquant au carreau.

Surpris, l'homme ouvre la fenêtre.

– Ah, c'est toi ?

– Tu peux me seller le petit cheval noir et me l'emmener à la carrière, s'il te plaît ?

Quelques minutes plus tard, il enfourche Jappeloup qui commence par renâcler, puis part au trot.

– Il va falloir qu'on apprenne à s'entendre, toi et moi…, lui dit Pierre, en le stimulant du talon.

Après quelques tours de piste destinés à le détendre, il entreprend de le tester. Il lui tourne la tête dans les deux sens, lui courbe l'encolure, tente de le faire reculer… Mais, visiblement, le cheval n'a rien appris de tout ça, et semble se demander ce que lui veut cet intrus. Il s'énerve, se cabre, essaie de le désarçonner. De guerre lasse, Pierre le lance au galop.

Au même moment, Serge, qui petit-déjeune dans la cuisine, jette un coup d'œil machinal par la porte-fenêtre. Et s'étrangle dans son café.

Il croit rêver encore, se frotte les yeux… Eh oui, il a bien vu ! Ce n'était pas une hallucination. Son fils chevauche Jappeloup, et…

– Ça alors, il lui fait sauter un croisillon ! Quel diable de cavalier !

Son premier réflexe est de courir le féliciter, mais il se ravise. Et reste là, à observer l'ahurissante performance, tandis que Gilles monte les barres de plus en plus haut.

Un, deux, trois sauts parfaits. Serge a le sentiment d'assister à un miracle. À l'éclosion d'un talent qu'il pressentait, contre l'avis général, mais qui, là, se confirme de manière éclatante.

– Je le savais, que seul Pierre était capable de réussir ce prodige, triomphe-t-il.

Cependant, parvenu devant un gros obstacle, le cheval pile au dernier moment et arrondit le dos pour faire tomber son cavalier. Celui-ci, qui réussit de justesse à se maintenir en selle, fait aussitôt demi-tour et revient sur l'obstacle que, cette fois, Jappeloup saute sans difficulté. Pierre, satisfait, repasse au pas et caresse l'animal.

La première émotion dissipée, Serge se décide enfin à les rejoindre.

– Alors ? Qu'est-ce que tu en penses ? interroge-t-il, comme si de rien n'était.

Pierre, entrant dans son jeu, répond sur le même ton :

– Il a un bon coup de reins, mais il faudrait qu'il prenne du muscle. Et puis qu'on le tonde, aussi, parce que, comme ça, ce n'est pas possible de le faire bosser…

– On a essayé, hein, Gilles ! Une vraie furie ! Impossible d'en venir à bout, même avec le tord-nez* !

– Il n'y a même pas moyen de lui mettre de couverture, renchérit le palefrenier. Il les déchire. Et les bandes*, il les bouffe.

Pierre réfléchit, puis consulte sa montre.

– Bon, là, je ne peux pas rester, je devrais déjà être à Bordeaux. Mais je reviendrai à l'heure du déjeuner. On va trouver une solution.

Serge est sur un nuage. Son fils est de retour ! Son plus cher désir s'est réalisé ! Tandis que Pierre ramène Jappeloup à l'écurie, il essuie une larme de joie d'un geste furtif… que surprend Gilles, occupé à ranger les barres.

Alors, pour cacher l'émotion qui l'étreint, il lui lance, bourru :

– Qu'est-ce que t'as, tu veux ma photo ?

Chapitre 10

Un amour né sous le signe du cheval

Le bruit strident de la tondeuse fait vibrer l'atmosphère. Jappeloup se dresse sur ses postérieurs. Pierre tente de le calmer tandis que Gilles approche l'instrument. Mais le cheval est incontrôlable. Il rue, piaffe, s'agite dans tous les sens.

– Arrête, Gilles, demande Pierre.

Puis, il se tourne vers son père qui assiste à l'opération :

– D'accord, appelle-les !

Quelques minutes plus tard, une 4L entre dans la cour de la ferme, et Henri Dalio en descend, suivi de Raphaëlle. Ils pénètrent dans l'écurie et prennent aussitôt la mesure du problème.

– À toi de jouer, dit le Gitan à sa petite-fille.

Celle-ci s'approche sans crainte du cheval

en colère, et, tout en lui chuchotant des mots que lui seul peut entendre, commence à lui masser le dos. Ses mains courent adroitement sur le pelage noir, malaxant l'encolure, s'attardant sur l'échine. Comme par magie, les tensions de l'animal s'apaisent, sa respiration devient régulière. Il ferme les yeux.

– Qu'est-ce que vous en dites ? souffle Henri Dalio, tout fier.

– Pas de doute, elle sait s'y prendre, reconnaît Serge. Dommage qu'on ne l'ait pas eue pour le maréchal-ferrant*. Ça a été une de ces galères !

– Vous auriez dû me téléphoner, nous serions venus.

Sans interrompre ses massages, Raphaëlle s'adresse à Gilles :

– Allez-y, maintenant. Mais doucement !

Le bruit de la tondeuse qui s'approche ranime la panique du cheval. Ses yeux s'affolent. Un sursaut nerveux le tétanise.

– Chhhhht, fait la jeune fille en accentuant la pression de ses doigts.

Malgré sa peur, Jappeloup se laisse faire.

Quand tout est terminé, Pierre prend Raphaëlle de côté.

– Ça te dirait de travailler ici, et de t'occuper de lui ?

D'un seul coup, la jeune fille s'illumine.

– Oh oui ! Grand-père… ?

Sa voix vibre d'espoir.

– C'est toi qui décides, ma chérie.

Un sourire éclatant le remercie.

– Si vous saviez combien elle a pleuré quand il est parti, glisse Henri à Serge. J'ai cru qu'elle ne s'en remettrait jamais. Ce cheval, elle l'a vu naître, vous comprenez ? Ils ont grandi ensemble…

– Alors, c'est d'accord, dit Pierre. Tu es embauchée.

Pour toute réponse, Raphaëlle se jette au cou du cheval et le couvre de baisers.

À dater de ce jour, entraîné par Pierre et chouchouté par Raphaëlle, Jappeloup va aller de progrès en progrès. Et peu à peu, son caractère rebelle va se métamorphoser en volonté farouche. Quant à Pierre…

Repris, presque malgré lui, par le démon de l'équitation, il trouve moins d'intérêt, soudain, à la magistrature. Beaucoup moins…

La plage est déserte, la mer calme. Une écume légère ourle la frange des vagues. Dans le ciel sans nuage, un soleil matinal perce le voile de brume de ce début d'automne.

Sur la vaste étendue de sable gris, un couple

de cavaliers galope, botte à botte. L'exercice consiste à contenir Jappeloup qui n'a qu'une seule idée : dépasser le cheval de Nadia. Car là, face à l'immensité, ses origines pur sang bouillonnent…

– Allez, laisse-le courir, dit Nadia en riant. Tu ne vois pas comme il est frustré ?

– Frustré ou pas, il obéit, dit Pierre.

Cependant, quelques mètres plus loin, il le laisse accélérer.

La suite est spectaculaire. L'animal lance ses antérieurs avec tant de force qu'il fait jaillir le sable sous ses sabots. Et tandis qu'il prend de la vitesse, son attitude devient celle d'un cheval de course, la tête et le dos à l'horizontale.

– Magnifique ! crie Nadia.

Alors que le cavalier et sa monture disparaissent dans le lointain, elle pousse son cheval jusqu'aux genoux dans la mer, où il reste immobile, face à la ligne d'horizon.

– Ça fait du bien, hein !

L'attitude de l'animal ne laisse aucun doute là-dessus. C'est un peu la récompense après l'effort. Le mouvement des vagues, en massant ses articulations, dissipe sa fatigue à la manière d'une thalasso.

Quelques minutes plus tard, Pierre arrive à son tour. Mais pour faire entrer Jappeloup dans l'eau, c'est une autre paire de manches ! Le petit cheval noir n'a jamais vu la mer, et cette nappe mouvante l'effraie. Il regimbe, se cabre. Et au lieu d'avancer comme l'exige son maître, recule de plusieurs mètres à chaque fois qu'une vague éclabousse son poitrail.

– Chochotte ! s'esclaffe Nadia, dont le cheval, habitué à ce genre d'agression, n'a pas bougé d'un pouce.

Pierre joint son rire au sien ; ils se regardent. Se sourient. Et, si bas que le ressac couvre le son de sa voix, la jeune femme murmure :

– Je t'aime.

– Moi aussi, répond Pierre, le visage altéré.

Chapitre 11

MARIAGE

Février 1981.

En habit de lumière, Pierre, montant Jappeloup, entre au petit trot sur la piste d'un terrain de concours.

– Numéro 27, annonce le speaker.

Pierre salue le jury et part au galop vers le premier obstacle, que son cheval franchit sans effort, ainsi que les trois suivants. Mais il s'arrête net devant le cinquième. Pierre le réprimande et revient sur l'obstacle ; nouveau refus.

– Allez, vas-y ! l'exhorte Pierre, les dents serrées, en abordant l'obstacle pour la troisième fois. Si tu te défiles encore, on est éliminés !

Comme s'il comprenait, le petit cheval noir accepte enfin de sauter, mais fait tomber une barre. Pierre, la rage au cœur, retire sa bombe en signe d'abandon et regagne le paddock où quelques concurrents échauffent leurs chevaux.

– Je peux sauter ? lance-t-il à l'un des organisateurs.

L'homme, qui connaît le dépit d'un cavalier disqualifié, acquiesce d'un hochement de tête.

Sans hésiter, Pierre lance Jappeloup vers un très gros oxer – nettement plus haut que le précédent. Il se concentre, prêt au pire. Mais la foulée est parfaite, et le cheval s'envole au-dessus de l'obstacle.

– Bravo ! s'écrie Patrick. Quel saut !

Pierre a un sourire mitigé.

– Moui… Malheureusement, c'est quand il veut.

– C'est avec lui que tu as passé les épreuves éliminatoires, hier ?

– Oui, il a fait un sans-faute, et aujourd'hui…

Il soupire puis ajoute, tout en tapotant l'encolure humide :

– Ça fait six mois que je le monte, et je n'ai pas encore le mode d'emploi complet. Il a beaucoup de défauts, mais je commence à croire en lui.

– En tout cas, je suis bien content de te revoir en selle, après tout ce temps.

Cette fois, Pierre lui décoche un franc sourire.

– Tu n'es jamais que le vingtième à me le dire !

Ainsi, de concours en concours et d'échecs en succès, Pierre apprend-il le « mode d'emploi » de Jappeloup, tandis que celui-ci gagne en docilité et en confiance. Et c'est sans doute ça, le plus passionnant : la confrontation de ces deux caractères, dont l'un cherche à dominer l'autre, sans pour autant contrer sa personnalité. Car la sauvagerie du petit cheval noir, son côté rebelle, indépendant, entêté ne peuvent que charmer un vrai cavalier. Ce sont ces traits de caractère, bien canalisés, qui font les vrais champions !

L'imposante demeure des parents de Nadia est en effervescence. Une activité de ruche y règne, et pour cause : dans un peu moins d'une heure, leur fille se marie.

Dans le jardin, sous une grande tente blanche, la table du banquet a été dressée.

Un personnel recruté pour l'occasion s'active autour, sous la surveillance de la maîtresse de maison. Nappe blanche, argenterie, verres en cristal… Rien n'a été négligé pour la réussite de cette grande fête familiale.

Rien… hormis le fait que le futur époux se fait attendre.

– Mais où peut-il bien être ? s'énerve Arlette, vêtue de pied en cap.

Dans l'écurie, pardi !

D'ailleurs, le voilà qui arrive à toutes jambes, dans son vieux costume de cheval.

– Même aujourd'hui, tu trouves le moyen d'être en retard ? le houspille sa mère.

Sans tenir compte de la remarque, le retardataire entre en trombe dans la maison et fonce vers la chambre de Nadia qu'il ouvre à la volée. Un « va-t'en, t'as pas l'droit ! » l'accueille. La mariée n'est pas tout à fait prête, et son humeur est à l'image du stress ambiant. C'est vrai que, selon la tradition, le futur ne doit pas voir sa promise avant la cérémonie…

– Je vais juste dans la salle de bains, dit Pierre en se cachant les yeux. Je suis super à la bourre…

– Ça s'est bien passé ? se radoucit Nadia.

– Non, j'ai fait deux barres.

Tant pis pour la tradition. La jeune femme en robe blanche, le voile de travers, se dessine dans l'embrasure de la porte.

– Oh, zut ! J'espère que ta journée va s'améliorer…

Pierre lui donne un baiser furtif.

– Moi aussi !

La réception bat son plein. Les invités, par petits groupes, sirotent le champagne en grignotant des petits fours. Les nouveaux mariés, main dans la main, vont de l'un à l'autre ; félicitations et vœux de bonheur alternent avec des remarques flatteuses sur la tenue de la mariée, sa jeunesse, son charme.

– Je suis fier de toi, ma chérie, s'exclame Gilbert, le père de Nadia. Et vous, Pierre ?

– Je suis fier aussi.

– Et heureux, j'espère ?

– Évidemment !

– Il le sera bien plus encore dans quelques jours, intervient Nadia d'un air complice. Quand il aura réglé un truc…

Ils n'en diront pas plus, laissant planer le mystère, y compris pour leurs proches.

En fait, ce « truc », c'est la démission de Pierre. En cadeau de mariage – un cadeau réciproque, est-il besoin de le préciser ? – Nadia l'a décidé à se consacrer corps et âme à sa passion : l'équitation. Et, plus précisément, à former Jappeloup. Une tâche qui va nécessiter tout son temps, toute son énergie, et que, soutenu par elle, il se sent maintenant prêt à mener à bien.

Pouvait-on en attendre moins d'un amour né sous le signe du cheval ?

Chapitre 12

PREMIERS SUCCÈS DE JAPPELOUP

Une froide bruine d'automne embrume la carrière. Dans ce brouillard glacé se détache, fantomatique, la silhouette d'un cheval. Il court, stimulé par une cavalière novice, et saute maladroitement un obstacle.

– Ho, Marina ! Ça va pas la tête ? s'énerve Pierre. Tu as vu ce que tu lui fais faire, à ton canasson ? Tu as de la chance qu'il ne t'ait pas désarçonnée. Allez, recommence !

Confuse, l'élève ramène sa monture sur l'obstacle.

– Prends du train dans le virage ! Pas trop longue la foulée. Très bien... Tiens comme ça jusqu'au bout !

Cette fois, le saut est parfait.

– C'est bien... Maintenant, caresse ton cheval et va le promener, il l'a bien mérité.

Tandis qu'ils disparaissent tous deux

dans la brume, Pierre retourne au pas de course vers la ferme où l'attendent ses parents, ainsi que Henri Dalio et Raphaëlle.

Une bouteille de champagne trône au milieu de la table.

– Ah, te voilà enfin, dit Serge. Et Nadia ? Elle n'est pas avec toi ?

– Non, elle est partie à Pau essayer un cheval.

– Eh ! J'en ai d'autres à vendre, moi, si vous voulez, s'écrie Henri.

Pierre se met à rire.

– On fête déjà l'achat de Jappeloup, ça suffit pour l'instant. Il y a vraiment trop de travail sur vos bêtes !

Puis, s'adressant à Raphaëlle :

– Tu n'es pas trop triste ?

La jeune fille a une petite moue craquante.

– Oh, moi, tant que je reste avec lui... Mais il va falloir gagner, maintenant !

– D'accord, chef ! Je trinque donc à Jappeloup et à ses futurs succès !

– Vous verrez, ça vous portera chance d'avoir acheté un cheval à un Gitan, signale Henri, avec un clin d'œil à sa petite-fille.

Ça, bien qu'il en ait longtemps douté, Pierre en est à présent convaincu.

Le dressage de Jappeloup se poursuit au fil des semaines, de plus en plus intensément. Il faut qu'il soit prêt pour le concours de Lille !

L'épreuve se déroule devant une foule nombreuse. Tout le gratin du sport équestre est là, et en particulier Marcel Rozier, entraîneur de l'Équipe de France. Nadia, au bord de la piste, soutient son mari de toutes ses forces.

– Tu vas y arriver, Pierre, l'exhorte-t-elle, même s'il ne peut pas l'entendre. Oui, comme ça ! Très bien ! Attention à sa foulée !

Raphaëlle, pour sa part, se ronge les ongles. Et c'est au petit cheval noir qu'elle s'adresse mentalement : « Courage, mon beau ! Fonce ! C'est toi le meilleur ! »

Quant à Serge, sa nervosité est telle qu'il tape involontairement du pied sur le sol, au rythme des sabots de l'animal.

Jappeloup aborde l'ultime obstacle. Dans le public, la tension monte. Chacun retient son souffle. Après une première épreuve sans faute, le cheval semble fatigué. Ses foulées se font désordonnées, il hésite une fraction de seconde...

– Aïe, aïe, aïe ! frémit Nadia.

– Oh non ! geint Raphaëlle.

Les larmes lui montent aux yeux, mais à l'instant où tout semblait perdu, Jappeloup, sous l'impulsion désespérée de Pierre, se ressaisit et donne un formidable coup de reins. Certes, son saut n'est pas académique mais il passe sans effleurer la barre. Une ovation s'élève du public. Stimulé, Jappeloup exécute les derniers mètres à la vitesse du vent... et remporte la palme.

Un tonnerre d'applaudissements salue sa sortie de piste.

– Il a du cœur, ce cheval ! glisse un membre du jury à Marcel Rozier.

– Non, il a plus que ça, répond ce dernier, pensif.

Durant toute la cérémonie de remise des prix, il ne le quittera pas des yeux.

Outre la coupe traditionnelle, Pierre reçoit, pour cette victoire, une plaque de cuivre destinée à son cheval. Il la remet solennellement à Raphaëlle dont le premier soin, en rentrant à la ferme équestre, est de la clouer sur la porte de l'écurie. Une deuxième s'y ajoutera bientôt. Puis une troisième…

Un an plus tard, la porte en sera couverte.

Chapitre 13

COUPE DES NATIONS

Nadia entre en courant dans le box de Jappeloup.

– Marcel Rozier vient de téléphoner !

Pierre, qui discutait avec Raphaëlle, fait un bond en l'air.

– QUOI ? Pourquoi ne m'as-tu pas appelé ?

– Il ne pouvait pas attendre.

– Qu'est-ce qu'il voulait ?

La jeune femme a du mal à contenir sa joie.

– Il voulait te parler d'un stage pour la sélection de l'Équipe de France. Alors, je lui ai dit que tu n'étais pas libre… J'ai bien fait, n'est-ce pas ?

– Tu… tu te moques de moi ?

Devant l'effarement de son mari, Nadia éclate de rire.

– Évidemment, banane ! Allez, file, il attend ton appel !

Un quart d'heure plus tard, Pierre revient, radieux.

– Alors ? s'empresse Nadia.

La question est superflue.

– Prépare le van, on part pour Fontainebleau ! lance Pierre à Raphaëlle.

– Chez Marcel Rozier ? comprend Nadia.

– Oui, il veut voir Jappeloup dans son manège…

Déjà, en soi, c'est un immense honneur. Car ce manège accueille les chevaux les plus prestigieux du moment.

– Il va falloir te montrer à la hauteur, champion ! dit Pierre, en caressant l'échine luisante de l'animal. Maintenant, tu vas jouer dans la cour des grands.

Comme s'il comprenait, le petit cheval noir gratte le sol de sa patte antérieure, tout en soufflant par les naseaux.

– Tu crois… qu'il pourrait concourir pour la Coupe des Nations ? hésite Nadia.

– C'est Marcel Rozier qui en décidera, mais à mon avis, il a le niveau.

À ces mots, Raphaëlle, qui a suivi la conversation sans rien dire, saute au cou de Jappeloup.

– Bien sûr, qu'il a le niveau ! dit-elle en l'embrassant.

Au bout de quelques jours d'entraînement intensif, Marcel Rozier confirme. Jappeloup, en dépit de sa taille non réglementaire, devient l'un des favoris de son écurie…

Coupe des Nations 1982.

Pierre galope au paddock pour détendre Jappeloup avant l'épreuve.

– Hé, l'avocat, amène ton crack ! lui crie Marcel Rozier. Tu passes au prochain numéro.

Le grand moment est arrivé. Pierre, le ventre noué par l'angoisse, cherche Nadia des yeux. Le regard qu'il rencontre est empli à ras bord d'espoir et de confiance.

– Ça va ? articule la jeune femme, de loin.

En dépit de la pression qui pèse sur ses épaules, il lui sourit, et rejoint, sur les côtés de la piste, les autres cavaliers de l'Équipe de France.

Une vingtaine de minutes plus tard, hélas :

– Le numéro 30, Pierre Durand et Jappeloup,

est éliminé pour trois désobéissances, annonce le speaker.

Pierre sort de piste, tête basse. Nadia le rejoint en courant.

– T'es rentré un peu trop fort dans la combinaison, analyse-t-elle, navrée.

– Oui, râle Pierre, quel imbécile je suis ! Je savais qu'elle était courte, pourtant !

– Ne t'inquiète pas, le rassure Marcel Rozier, tu fais tes classes. Ça arrive à tout le monde de commettre une erreur... Tu peux remonter le score final à la deuxième manche. Va au paddock, faire sauter quelques barres à ton cheval pour le détendre, et revenez-nous en pleine forme, tous les deux.

C'est plus facile à dire qu'à faire. Si, en effet, l'exercice détend le cheval, il n'en est pas de même de son cavalier !

– Cool, mon garçon, lui lance Marcel Rozier. Concentre-toi, tout ira bien.

La barrière se lève et Jappeloup entre sur la piste au galop. Un brouhaha assourdissant –lié, sans doute, à la performance du cavalier précédent– monte des gradins. Ce bruit, amplifié par la chaleur ambiante, surprend le cheval et décuple encore la nervosité de Pierre.

Les minutes qui suivent leur semblent des siècles. Enfin, dans le calme revenu, le speaker annonce :

– Pierre Durand, sur Jappeloup !

Le cheval, qui piaffait d'impatience, part à fond de train. Mais comme il saute le premier obstacle, une sonnerie retentit, indiquant l'interruption du parcours. Sur sa lancée, Jappeloup aborde le second obstacle quand la sonnerie s'élève à nouveau.

Son cavalier l'arrête, puis se tourne vers le jury, l'air interrogatif.

– Monsieur Durand, vous êtes éliminé pour avoir pris le départ avant la cloche, décrète le speaker.

Pierre, stupéfait, se tourne vers les tribunes et tente de s'expliquer par signes.

Dans les rumeurs de la foule, il a cru, de bonne foi, entendre le signal de départ. On ne peut sanctionner de manière aussi sévère une simple confusion… Mais ses efforts restent vains. Seul au milieu de la piste, et ne pouvant parlementer de vive voix avec le jury, posté en hauteur, il n'a d'autre choix que de se retirer. Et ce, en dépit des protestations du public, qui désapprouve la décision des officiels et le fait savoir par des huées et des sifflets.

L'instant d'après, ayant confié Jappeloup à Raphaëlle, il fonce vers le parking, saute dans sa voiture et démarre sur les chapeaux de roues. Au grand dam de Nadia qui tente en vain de le retenir, et dont il ignore ostensiblement les signes.

Allongé sur le lit de sa chambre d'hôtel, Pierre, les yeux rivés à l'écran, suit les images finales de la Coupe des Nations.

Soudain, la porte s'ouvre et Nadia entre, éteignant la télé au passage. Puis elle se poste devant son mari, les poings sur les hanches.

– Écoute-moi bien, déclare-t-elle avec fermeté. Ça fait des mois que je t'accompagne partout, que je te soutiens, que je t'aide. J'ai même mis mes propres ambitions de côté pour être plus disponible pour tes concours, à toi. Mais pas question que tu me traites comme tu viens de le faire, d'accord ? Pas question que tu me laisses tomber comme une vieille chaussette, sans te préoccuper de savoir si quelqu'un peut me ramener. Pas question que je paie pour TES erreurs !

Pierre ne répond pas. Il est visiblement très mal à l'aise et regrette, à l'évidence, son éclat de tout à l'heure.

– Je te laisse un quart d'heure pour réfléchir à tout ça, dit Nadia en ressortant. Après, tu viendras me rejoindre au bar pour t'excuser et m'offrir un verre. Enfin… je l'espère pour nous deux !

Chapitre 14

LE TEMPS DU BONHEUR

Après cet incident –et malgré sa réconciliation avec Nadia–, Pierre n'est plus le même. Une sourde déprime le mine. Il se demande s'il a pris la bonne voie, et en vient à regretter d'avoir sacrifié sa carrière d'avocat à une chimère.

Cette remise en question n'échappe pas à son entourage, et en particulier à Serge.

– Marcel Rozier t'a-t-il rappelé ? s'informe-t-il régulièrement.

Non, c'est bien le problème.

– Tu me l'as déjà demandé hier et avant-hier, répond Pierre sourdement.

– Et à chaque fois, je t'ai conseillé de lui téléphoner, toi. Je ne comprends pas ce qui t'en empêche…

En réalité, il comprend très bien. Son fils ne digère pas l'humiliation de l'échec.

– Nadia a raison, poursuit pensivement Serge.

Rozier est le principal responsable du fiasco : on n'envoie pas un cheval de sept ans dans une Coupe des Nations. Jappeloup n'avait pas le niveau... ni toi non plus, d'ailleurs. Et il le sait, Marcel, qu'il a commis une erreur. C'est pour ça qu'il n'ose pas t'appeler...

Un petit ricanement amer échappe à Pierre.

– Arrête, papa ! Mon opinion, il s'en fiche bien. Seul Jappeloup l'intéresse, et il veut me détruire pour le récupérer.

C'est la première fois que le jeune homme se lâche, qu'il livre le fond de sa pensée.

– Mais... tu es complètement parano, ma parole ! proteste son père.

Pierre n'en démordra pas... À tort ou à raison ? La suite nous le dira.

Un public très dense a envahi le Grand Parquet de Fontainebleau. Au milieu de la piste, le speaker clame dans son micro :

– Je vous remercie d'être venus si nombreux assister à la finale des Championnats de France 1982. Le parcours qui va vous être présenté se joue contre la montre, c'est une épreuve de vitesse. Maintenant, place aux concurrents ; nous nous retrouverons tout à l'heure pour la remise des prix.

Sous les applaudissements, il regagne la tribune des officiels, parmi lesquels se trouve Marcel Rozier.

La sonnerie retentit. Les cavaliers pénètrent sur la piste et se dirigent vers le premier obstacle. Pierre, très tendu, évalue mentalement distance et trajectoire, compte les foulées, calcule ses chances de réussite. Au premier rang des gradins, Serge et Nadia échangent un regard chargé d'espoir. Quant à Raphaëlle, elle se ronge les ongles…

L'épreuve bat son plein quand le speaker annonce enfin :

– Et voici nos derniers concurrents. Je vous demande de les encourager, car ils sont la révélation de ces Championnats de France. Pierre Durand sur Jappeloup !

Une ovation salue le nom des favoris de l'épreuve. Marcel Rozier se penche vers son voisin et lui chuchote :

– Ce petit cheval noir est un véritable phénomène. Je l'ai dans le collimateur depuis pas mal de temps…

L'autre approuve en professionnel :

– Oui, c'est un leader. Il n'a pas commis la moindre erreur depuis le début du championnat.

Ce coup-ci, pas question que Pierre parte avant le signal du départ. Une fois lui a suffi. Tenant fermement Jappeloup qui donne des signes d'impatience, il fixe la cabine du jury et, au tintement de la sonnerie, s'élance au galop.

Dans un silence de plomb, le « couple » – ainsi nomme-t-on un cavalier et sa monture – enchaîne les obstacles en prenant de grands risques. Jappeloup doit montrer de quoi il est capable…

– Il est fou ! panique Serge, qui suit la performance avec effarement.

– Fou, mais éblouissant, murmure Nadia.

Le public, conscient de vivre un moment historique, retient son souffle. Ce silence se changera en hurlements d'enthousiasme quand Jappeloup franchira avec panache la ligne d'arrivée. Tandis que son cavalier, lâchant les rênes, indique des deux mains le signe de la victoire, l'assistance les acclame debout. Jappeloup est le premier cheval à avoir remporté un Championnat de France sans commettre aucune faute.

– Je fonce annoncer la bonne nouvelle à Arlette, qui attend dans la voiture, souffle Serge à Nadia. Elle doit se ronger les sangs… Toi, cours vite embrasser les vainqueurs !

La jeune femme n'a pas attendu cette permission pour se précipiter vers son mari. Raphaëlle, tout aussi rayonnante, lui emboîte le pas. Mais une nuée de journalistes les a devancées. Les questions fusent en rafales. Le nom de Jappeloup est sur toutes les lèvres.

Dans ce brouhaha, si flatteur soit-il, Pierre ne voit qu'une chose. Une seule. Marcel Rozier, fendant la cohue, s'avance vers lui, le sourire aux lèvres.

Un crépitement de flashs immortalise leur poignée de main.

– Elle est pas belle ? dit Pierre, en sortant d'une Audi toute neuve, qu'il vient de garer dans la cour de la ferme.

Sur le pas de la porte, Nadia approuve joyeusement.

– Très… Mais pourquoi as-tu pris un break ?

– Ce sera plus pratique pour tirer le van, quand on ira en concours.

– Quand TU iras… Pour moi, c'est terminé. J'ai décidé d'arrêter de monter. Même ici…

– Quoi ?!

Pierre a failli tomber à la renverse. Sa stupeur ravit Nadia, qui prend un petit air mystérieux.

– Juste neuf mois, hein ! précise-t-elle.

Cette fois, Pierre a compris. Une vague d'émotion le soulève. Il se rue sur sa femme, l'enlace, la fait tournoyer dans ses bras. Puis, se tournant vers la maison de ses parents, il crie à pleins poumons :

– Papa ! Maman ! Nadia est enceinte !

Ce soir-là, dans la ferme équestre, ce sera la fête du bonheur.

Chapitre 15

Los Angeles

Un autre bonheur suivra, quatre mois plus tard : Pierre et Jappeloup sont sélectionnés pour les jeux Olympiques de Los Angeles. Nadia, Serge et Raphaëlle l'accompagnent, ainsi que Marcel Rozier et quatre autres cavaliers représentant la France.

Aux États-Unis, la presse et les professionnels se passionnent bientôt pour « le petit cheval noir », son irrésistible ascension, ses performances exceptionnelles. Son caractère également, si imprévisible, que Pierre Durand est le seul à pouvoir gérer – et encore ! Les journalistes ne se privent pas de rappeler les refus de sauter, départs précoces et autres fantaisies qui émaillent sa carrière. Cette indocilité les séduit et les inquiète à la fois...

Pierre se défend de son mieux contre les attaques dont il est l'objet. Mais l'inquiétude le ronge.

Il n'est pas le seul. Sa mère, les palefreniers de la ferme équestre et Henri Dalio, restés en France, partagent son angoisse. D'autant qu'ils suivent les reportages à la télé, et que cette question est sur toutes les lèvres: Jappeloup assurera-t-il ? Saura-t-il se montrer à la hauteur de sa réputation ?

Arrive le grand jour – la grande nuit, plutôt, puisque le décalage horaire situe l'épreuve, en France, aux alentours de vingt-deux heures. Dans la ferme des Durand, personne ne dort. Une télévision a été installée dans l'écurie, afin que tous, personnel et voisins, puissent assister ensemble à l'événement. Seule Arlette, fidèle à son habitude, manque à l'appel. Elle s'est juré, il y a des années, de ne plus jamais regarder son fils courir, et avec le temps, c'est devenu une sorte de superstition. Elle a la conviction que, si elle le voit, cela lui portera malheur. Elle se contente donc d'attendre le résultat, en tournant en rond dans sa cuisine.

Tout le monde a les yeux rivés sur l'écran où Patrick Caron, ancien cavalier devenu consultant sportif, présente l'événement en compagnie d'un commentateur spécialisé. Soudain, une ovation lui coupe la parole ; l'équipe américaine vient de terminer son parcours.

– Très belle performance de Joe Fargis ! s'enthousiasme le journaliste. Il est quasiment sûr de remporter la médaille d'or. Le public est survolté. Mais nous, Français, attendons beaucoup de nos candidats favoris sur lesquels viennent de se braquer les caméras.

– C'est eux ! s'écrie Francis, très ému, tandis qu'apparaissent Pierre et Jappeloup, cheminant dans le couloir qui mène à la piste.

Raphaëlle les accompagne, ainsi que Marcel Rozier dont, l'espace d'un instant, on peut entendre l'ultime recommandation : « ... désolé de te mettre la pression, mais si tu fais un sans-faute, on gagne la médaille de bronze... »

– Il l'aura, j'en suis certain ! assure Henri Dalio, le cœur battant.

– Comme il est pâle, souffle Gilles.

– Normal, il est hypertendu. Et regardez Raphaëlle : elle pleure, pauvre petite.

– Ça soulage les nerfs.

Si le Gitan s'écoutait, il en ferait autant !

Dans les gradins réservés aux familles, Serge et Nadia, enceinte de cinq mois, regardent Pierre et Jappeloup traverser la piste pour se présenter au jury. Fébrilement, Serge sort une cigarette de son paquet, mais un « tttt » désapprobateur de sa belle-fille le rappelle à l'ordre.

– J'ai promis à Arlette de veiller sur votre santé, lui glisse-t-elle.

Et, d'une main tremblante, elle agrippe son bras, histoire de partager sa tension nerveuse.

La sonnerie retentit. Il est 16 h 30 – heure locale. Un soleil de plomb tape sur la piste ; l'arène est brûlante. Dans un silence total, Jappeloup, qui porte le numéro 141, part au galop vers le premier obstacle. Parvenu devant, il frappe le sol de ses antérieurs et se propulse au-dessus des barres, beaucoup plus haut que nécessaire. Une rumeur admirative monte du stade, tant le saut est impressionnant. Un deuxième, puis un troisième, identiques, lui succèdent.

À Saint-Seurin, les spectateurs trépignent, eux aussi.

– Magnifique ! applaudit Francis, aussitôt imité par Gilles et Henri.

De sa cuisine, Arlette, qui guette malgré elle, entend les rumeurs montant de l'écurie, et se mord les lèvres au sang.

Pendant, ce temps, sur l'écran, le couple se dirige vers l'obstacle numéro 5, une grosse barre de Spa* vert et blanc.

– Attention, commente Patrick Caron, c'est ici qu'à la première manche, Pierre a failli tomber en faisant ce qu'on appelle dans le jargon un « strike »... Oui ! Superbe ! Quelle détente ! Ce petit cheval noir est un véritable phénomène, et son cavalier le monte parfaitement. C'est du grand, très grand art !

Des cris, à nouveau, frappent les oreilles d'Arlette. Et, sans aucun doute, ce sont des cris de joie.

Le couple à présent aborde la ligne d'oxers polonais*, au bout du terrain. Nadia et Serge, tétanisés, ne le quittent pas des yeux.

– Nous sommes à mi-parcours, reprend Patrick Caron. Pierre Durand calme comme il peut la fougue de son cheval. Il lui parle, le caresse, relâche la pression des rênes pour le laisser se détendre. Jappeloup a dépensé beaucoup d'énergie, à sauter aussi haut. Aura-t-il la force de poursuivre son effort jusqu'au bout ?

Cette question, Nadia et Serge se la posent également, d'autant que Pierre ne semble pas pressé de reprendre son cheval en main. Il est maintenant à une quinzaine de foulées de l'obstacle numéro 8.

– Ton rythme, Pierre ! Ton rythme ! ne peut s'empêcher de crier Nadia.

– Aïe, la foulée me paraît longue, là, s'inquiète Patrick Caron. Il faudrait que Pierre Durand retienne son cheval, ou alors, qu'il allonge encore plus le train…

L'analyse du commentateur est juste. À l'abord de l'obstacle, Pierre, sentant qu'il a commis une erreur, tente le tout pour le tout. Il incline fortement le buste pour mieux anticiper l'envol, et accompagner le mouvement de Jappeloup. Mais celui-ci, au lieu de sauter, s'arc-boute, replie ses postérieurs sous lui, fait le dos rond et stoppe net. En pleine vitesse, Pierre est projeté au-dessus de la barrière.

Le commentateur étouffe un cri. Les spectateurs se lèvent.

– Oh, non ! gémit Nadia, en cachant son visage sur l'épaule de Serge.

À Saint-Seurin, c'est la consternation…

Pierre a chuté sur le dos, au milieu de l'obstacle. Il reste au sol, sonné. Le nez dans les barres qui continuent de tomber, Jappeloup tire en arrière pour essayer de se dégager. Il réussit à se débrider et, se sentant libre, part au triple galop.

Devant vingt-cinq mille spectateurs et toutes les télés du monde, Pierre se relève doucement et se dirige, tête basse, vers la sortie. L'immensité de l'arène augmente encore sa peine et son humiliation.

– Oh, c'est terrible, conclut Patrick Caron, défait. Son parcours était magnifique, et cette petite faute l'a sanctionné de manière impitoyable. Pierre Durand, hélas, n'aura pas la médaille de bronze. Nous sommes déçus pour lui… et pour nous.

Le terme « déçu » est bien faible, pour décrire ce que ressent Pierre. Sans un regard pour Raphaëlle qui tente, avec l'aide des grooms*, de récupérer Jappeloup, il se faufile derrière la barrière. Les regards braqués sur lui le blessent. Il voudrait fuir loin de tout ça. Se terrer dans le silence et la solitude.

Tandis que Nadia se faufile dans les gradins pour rejoindre son mari, Serge, qui la suit vaille que vaille, surprend une conversation entre Joe Fargis et un vieil homme à l'accent américain.

– Il sautait bien, pourtant, déplore ce dernier.

– Il ne saute pas, il vole, rectifie Joe Fargis. Malheureusement, son cavalier n'est pas à la hauteur.

Ces mots agressent Serge comme une gifle.

– Tais-toi, idiot ! lui lance-t-il, hors de lui.

Parvenue aux paddocks, Nadia avise Marcel Rozier qu'elle interroge du regard. D'un signe, l'entraîneur lui indique un recoin d'ombre où Pierre s'est réfugié, en larmes. Connaissant sa fierté –et bien que cela lui brise le cœur–, elle s'éloigne sur la pointe des pieds. Pierre ne saura jamais qu'elle l'a vu pleurer…

Chapitre 16

TRAHISON

– Pierre ?

Nadia cherche son mari dans leur lit, et ne trouve que du vide. Elle se redresse, allume la lampe de chevet :

– Pierre !

Pas de réponse. Elle sort du lit avec difficulté, car sa grossesse arrive bientôt à terme, et se dirige vers la salle de bains. Depuis leur retour à Saint-Seurin, son mari n'est plus le même. Miné par son échec, il est devenu triste, ombrageux, ne mange plus, dort mal…

La salle de bains est vide. Un peu inquiète, la jeune femme entrouvre la porte de la chambre et, penchée sur la rampe, appelle :

– Pierre, où es-tu ?

Toujours pas de réaction. Avec mille précautions – car l'escalier est raide, et l'embonpoint perturbe son équilibre –, Nadia descend au rez-de-chaussée. La cuisine est plongée dans le noir mais, à la lueur de la lune, elle distingue une vague silhouette.

– Pierre, enfin, que fais-tu ? Il est trois heures du mat' !

La réponse qui lui parvient n'est qu'un souffle, un murmure.

– Nadia… je vais accepter la proposition des Américains… Je vais leur vendre Jappeloup…

Dans l'ombre, les yeux de Pierre brillent étrangement.

– Je croyais avoir fait le bon choix, reprend la voix pleine de sanglots contenus, montant de l'obscurité. Abandonner l'étude pour reprendre le cheval me semblait une décision exaltante. En réalité, c'était une grossière erreur…

– Une erreur ? s'insurge Nadia. Ce que tu as vécu ces deux dernières années, tu appelles ça une erreur ? Les progrès fabuleux de ce cheval, la joie de ton père… Je te rappelle qu'au départ, c'est surtout pour lui que tu as fait ça. Le bonheur de Serge, c'est une erreur, peut-être ?

Emportée par le discours, elle montre son ventre.

– Ça aussi, c'est une erreur, sans doute ?

Pris de court, Pierre reste muet. Ce qui met un comble à l'énervement de Nadia.

– Tu es d'un égoïsme hallucinant, explose-t-elle. Si tu pensais un peu moins à ton ambition, et un peu plus à moi, à notre enfant, au lieu de ressasser tes échecs ? Ce n'est pas la fin du monde, quand même !

– Si.

L'unique syllabe a claqué dans la nuit, comme un coup de feu.

– Tu sais ce qu'ils racontent, dans la presse spécialisée ? poursuit Pierre d'une voix sourde. Que sans moi, Jappeloup serait champion olympique.

– Quelle sottise !

– Marcel Rozier en est convaincu, en tout cas. Et ça fait deux ans que mon père me le répète… J'ai tout raté, dans ma vie, Nadia. Je n'ai pas eu d'adolescence, seuls les concours comptaient. C'est pour ça que j'ai décidé de devenir avocat. Avoir enfin une vie normale ; gagner de l'argent et être serein.

– Et pourtant, tu es revenu au cheval, non ?

D'un haussement d'épaules, Pierre élude la question.

– Tu veux arrêter ? Eh bien, arrête, siffle la jeune femme. Mais n'oublie pas que Jappeloup est une bête extraordinaire, qu'il a fait de toi un champion de France et t'a emmené jusqu'aux jeux Olympiques. Bon, d'accord, il a loupé le huitième obstacle, mais il a sauté les sept précédents avec une générosité hors du commun. Et toi, tu veux le vendre sur un coup de tête ? Le trahir, nous trahir tous, nous qui croyons en toi, parce que tu as « des regrets » ? Oh, je suis écœurée…

Et sur cette phrase définitive, elle fait volte-face et retourne se coucher, laissant son mari seul dans la pénombre.

L'acheteur – Joe Fargis, mandaté par un riche éleveur américain – arrive le lendemain. Il n'a qu'une hâte : revoir le petit cheval noir dont les exploits l'ont tellement impressionné, à Los Angeles.

– Je vais déjà l'essayer, annonce-t-il à Pierre. Et s'il convient, monsieur Lester en prendra livraison dans la semaine.

Ils se dirigent tous deux vers le box de Jappeloup.

– Raphaëlle ! appelle Pierre.

La jeune fille sort de la sellerie. Elle a les paupières gonflées et les pommettes un peu trop rouges.

– Tu peux seller Jap, s'il te plaît ?

– Non !

C'est clair, net, sans réplique.

– Comment ? fait Pierre, soufflé.

Les yeux de Raphaëlle lancent des éclairs.

– J'ai dit non, répète-t-elle, un léger tremblement dans la voix. Je ne peux pas vous empêcher de vendre Jappeloup, mais ne comptez par sur moi pour vous aider à le faire. Je m'en vais ! Je vous quitte !

Les sanglots l'étreignent tandis qu'elle tourne les talons, et regagne en courant l'intérieur des bâtiments.

– Excusez-moi, dit Pierre à Joe Fargis.

Il s'élance à sa poursuite ; elle ne se retourne même pas à l'appel de son nom. Quand il parvient à l'autre sortie, c'est pour la voir disparaître sur sa mobylette.

Chapitre 17

Père et fils

Qu'est-ce qui attire Pierre vers le vieux camion de son enfance, parqué dans la cour de la ferme équestre ? Un brin de nostalgie ? Ou la toux discrète qui s'échappe par le hayon entrebâillé ?

Tandis qu'il s'approche lui reviennent en vrac les souvenirs des petits matins gris, où Serge et lui prenaient la route vers quelque concours équestre de province... Son regard attendri glisse sur la carrosserie rouillée, couverte de feuilles mortes.

– Allez, monte...

La voix qui vient de lui donner cet ordre est-elle réelle, ou issue de sa mémoire ? À tout hasard, Pierre ouvre la portière ; son père est assis dans la pénombre, à la même place que jadis.

– Papa ? Qu'est-ce que tu fais là ?

L'habitacle a conservé, en dépit des années, l'odeur âcre des chevaux.

– Tu te souviens quand on se faisait traiter de romanichels par les petits bourges ? dit Serge doucement.

Pierre, la gorge soudain serrée, hoche la tête.

– Allez, entre... Reste pas là..., ajoute le vieil homme, en tapotant le siège à côté de lui.

Bien qu'il ait le vague sentiment d'être pris au piège, Pierre obtempère.

– Et nos espoirs, tu t'en souviens ? poursuit Serge d'un ton sourd. Nos fantastiques projets. On était tellement complices, en ce temps-là. Soudés comme les doigts de la main...

Un instant de silence, puis cette phrase douloureuse :

– Pierre, pourquoi m'en veux-tu ?

– Moi, je t'en veux ? Première nouvelle !

Irrité par le tour de la conversation, le jeune homme ébauche un repli vers la portière, mais son père l'arrête.

– Voilà deux ans que tu me boudes. Deux ans que tu me fais payer le plaisir de te voir à cheval. Qu'est-ce que tu me reproches ? D'avoir voulu t'offrir ce que j'estimais le meilleur pour toi ?

– Arrête, papa, c'est ridicule. Dans un instant, tu vas me traiter d'enfant gâté.

– Exactement ! Ta mère et moi, on s'est battus pour que tu aies tout ça…

D'un geste, il désigne le décor extérieur.

– … cette ferme, ces écuries, ce merveilleux cheval que, maintenant, tu veux vendre, c'est le fruit de notre travail, de nos sacrifices, et…

– Arrête, papa ! répète Pierre, un ton plus haut. Qu'est-ce que tu cherches ? À me culpabiliser ? Eh bien, sois content : tu y es arrivé.

Il émet un petit ricanement amer.

– J'ai renoncé au métier d'avocat, pour ne pas vous décevoir, figure-toi…

– C'était de ton plein gré, je t'ai toujours laissé le choix.

– Oui mais à quel prix ! Si j'ai tout arrêté pour revenir ici, ce n'est pas par goût, c'est par amour. Résultat : j'ai trente ans, je vais avoir un enfant, je n'ai pas de situation stable et je vis chez mes parents… Bonjour le bilan ! Et en plus, quand je saute sur l'occasion de vendre Jappeloup 400 000 dollars – une somme énorme ! –, tu me tombes dessus comme si je commettais un crime. Alors que ça me permettrait de prendre un nouveau départ.

Serge bondit :

– Un nouveau départ ? En laissant passer la chance de ta vie ?

– Une « chance » qui m'a fait perdre la médaille olympique, je te signale !

– Ah, voilà, nous y sommes. Tu n'as pas supporté ta défaite, et tu nous en rends tous responsables : moi, ta femme, ta mère, ton cheval… Pourtant, ce n'est pas à Jappeloup que tu dois cet échec, mais à toi-même. Tu le sais, Marcel Rozier le sait, nous le savons tous, même si tu refuses de l'admettre. Et tu vas tout gâcher par orgueil, par lâcheté !

Pierre est suffoqué. C'est la première fois que son père, si compréhensif d'ordinaire, si respectueux de ses choix, lui dit ses quatre vérités.

– Avec du travail et un champion comme Jappeloup, tu pourrais gagner les jeux Olympiques de Séoul, je te l'affirme, reprend sombrement Serge. Mais puisque tu piétines tes rêves, puisque aux exaltations des victoires hippiques, tu préfères une vie de bourgeois bordelais qui gagne plein d'argent, grand bien te fasse… Finalement, tu es plus vieux que moi.

Le lendemain, quand Joe Fargis arrive, escorté des Lester père et fils, Pierre est seul pour les recevoir. D'un commun accord, Serge, Raphaëlle et Nadia ont déserté la ferme équestre. Quant à Arlette, partagée entre les aspirations de son mari et ses angoisses maternelles, elle se tient soigneusement à l'écart de l'affaire.

Les trois acheteurs sont unanimes : Jappeloup est un cheval exceptionnel. De sorte qu'au terme d'une heure de discussion et d'une visite vétérinaire approfondie, le contrat de vente est signé.

– Le temps de terminer les papiers administratifs, et je vous envoie le cheval, dit Pierre, en les raccompagnant à leur voiture.

– La seconde moitié de la somme vous sera versée à réception, enchaîne M. Lester, enchanté.

De la fenêtre de sa chambre, Serge regarde la voiture sortir de la propriété et s'éloigner.

Un terrible sentiment d'injustice l'étreint. Que lui importe, à lui, la somme faramineuse négociée par son fils ? La vente de Jappeloup sonne la fin de ses espoirs. L'ascension de ce cheval dont il a su, avant tout le monde, déceler le génie, ne le concerne plus. D'autres que son fils en bénéficieront. Sa fierté d'éleveur – et de père – s'est brutalement changée en amertume.

Sa santé, déjà chancelante, se dégrade encore. Quelques jours plus tard, en pleine leçon d'équitation, il s'effondre, victime d'une crise cardiaque.

Le grand cavalier a lâché la bride. Sa dernière pensée, avant de fermer définitivement les yeux, est pour son fils. Ce fils qu'il aime plus que tout. Et auquel, malgré quelques légers désaccords, il a donné chaque instant de sa vie.

Chapitre 18

Naissance de Lisa

Assis dans le bureau de son père, Pierre trie des papiers, des photos. Par moments, les larmes troublent sa vision. Principalement quand il tombe sur des clichés où on le voit, enfant, chevauchant auprès de son père rayonnant.

La sonnerie du téléphone l'arrache à ce pénible inventaire.

C'est Joe Fargis qui après les condoléances d'usage, lui annonce, d'un ton embarrassé :

– Nous avons un problème avec Jappeloup. Les analyses de sang révèlent qu'il est positif à la piroplasmose*. Ça annule le contrat – sauf si tu le fais immuniser dans les plus brefs délais. C'est une obligation légale en cas de vente : deux semaines de traitement, un peu coûteux mais sans danger. Peux-tu nous donner très vite une réponse ? Parce que je dois le monter pour la Coupe du monde de Berlin…

Le visage de Pierre se crispe. Cette épreuve-là, son père souhaitait tant qu'il y participe… Et c'est Joe Fargis qui, à cette occasion, montera Jappeloup.

Une bouffée de colère le saisit.

– Je m'en occupe et je vous tiens au courant, dit-il sèchement, avant de raccrocher.

Quelques minutes plus tard, nous le retrouvons dans le box de Jappeloup. Le cheval est couché sur la paille. Pierre s'approche, le caresse ; il détourne la tête. Et lorsque le jeune homme veut s'asseoir près de lui, il se relève et s'éloigne.

Durant un long moment, ils s'observent en silence. L'arrivée de Gilles met fin à ce curieux face-à-face.

– Ah, tu es là ? s'étonne le palefrenier. Tu veux monter Jappeloup ? J'allais justement l'emmener en promenade.

Pierre étouffe un soupir.

– Non, non, vas-y.

Sans un mot de plus, il tourne les talons. L'hostilité – ou, tout au moins l'indifférence –

que révèle l'attitude du petit cheval noir le blesse profondément.

« Il a compris, pense-t-il, en regagnant la ferme. Et il me fait payer ma trahison… »

Nadia, soutenue par Arlette, l'attend sur le seuil de la porte. Du plus loin qu'elle le voit, elle lui fait de grands signes.

– Dépêche-toi ! lui crie-t-elle. Il faut filer à la maternité, le bébé ne va plus tarder !

Voilà qui tombe à pic pour arracher Pierre à ses déprimantes préoccupations !

Quatre heures du matin. Dans les bras de Nadia, épuisée, somnole une belle petite fille… Des larmes d'émotion baignent le visage de Pierre.

– Elle est magnifique, notre petite Lisa… vraiment magnifique…, répète-t-il d'une voix tremblante.

Nadia acquiesce, les yeux fermés.

– Tu peux la remettre dans son berceau, s'il te plaît ? Je voudrais dormir.

Avec mille précautions, le jeune père obtempère. Ce premier contact avec son enfant le fait frissonner de bonheur. Tandis qu'il la dépose dans le petit lit-cage, quelque chose semble se débloquer en lui.

– Repose-toi, chuchote-t-il à sa femme en l'embrassant. Moi, j'ai truc urgent à régler…

À l'accueil de l'hôpital se trouve un téléphone public. Il s'engouffre dans la cabine.

– Allô, Joe ? Désolé de te réveiller de si bonne heure, mais…

Il sourit en parlant. Le poids qui l'oppresse depuis des semaines vient de s'envoler.

Midi sonne au clocher de l'église quand la 4L d'Henri Dalio se gare sur la place du village.

– Elle est là, dit-il à son passager, en lui montrant du doigt la terrasse d'un café.

Pierre saute de la voiture et se dirige vers un groupe de jeunes, en pleine discussion.

– Raphaëlle !

La jeune fille se retourne brusquement, ce qui fait danser son abondante chevelure sur ses épaules. À la vue de Pierre, son regard se durcit.

– Ah, c'est vous…

– Je suis venu t'annoncer une bonne

nouvelle : je n'ai pas vendu Jappeloup, et je vais recommencer à l'entraîner. Mais pour ça, j'ai besoin de toi.

La réaction de Raphaëlle n'est pas du tout celle qu'il attendait.

– C'est sûrement une bonne nouvelle pour vous, pas pour Jappeloup, rétorque-t-elle d'une voix sifflante. Avec un peu de chance, il serait tombé sur quelqu'un de bien, aux États-Unis !

Saisi par la violence de ses propos, Pierre hésite entre tourner les talons et s'expliquer. Il opte pour la seconde solution.

– Je vis une période difficile…, commence-t-il.

– Je le sais, j'ai appris pour votre père. Ça m'a fait beaucoup de peine : il était gentil, lui.

– Pourquoi ? Je suis méchant, moi ?

Raphaëlle a une petite moue sans équivoque.

– Non, vous n'avez juste rien compris. Vous avez beau avoir été champion de France, vous ne comprenez rien aux chevaux. Vous parlez de médailles, de dollars, de carrière, mais Jappeloup, vous n'y pensez jamais. Mon grand-père vous l'a vendu une bouchée de pain. Tout ce qu'on vous demandait, c'était de le rendre heureux, de faire attention à lui. Voilà plus de deux ans qu'il est à vous, et vous n'avez jamais passé cinq minutes d'affilée dans son box. La tendresse, la confiance mutuelle, vous ne savez même pas ce que c'est. Et vous vous étonnez que ce pauvre cheval ne progresse plus ?

Les derniers mots sont rauques, douloureux. Cette vérité qu'elle garde en elle depuis si longtemps, Raphaëlle l'a éjectée dans la souffrance

– Si j'ai envie d'apprendre à me rapprocher de lui, tu veux bien m'aider ? demande-t-il doucement.

– Oui, répond la jeune fille, un peu surprise. Mais pas aujourd'hui : il faut d'abord que je me calme.

Sur un double signe de tête, ils se séparent. Et Pierre regagne, songeur, la voiture d'Henri Dalio.

– Tu t'attendais à quoi ? dit ce dernier, avec un petit sourire en coin. Ce n'est pas la petite-fille d'un Gitan pour rien !

Sur le chemin du retour, une phrase,

prononcée par Raphaëlle, turlupine Pierre.

– Henri, tu penses que je t'ai arnaqué en t'achetant Jappeloup « une bouchée de pain » ?

Le Gitan se mord les lèvres.

– Ben... si j'avais su qu'il irait jusqu'aux jeux Olympiques, et surtout qu'on t'en proposerait 400 000 dollars..., marmonne-t-il.

Puis il se reprend :

– Remarque, rien ne le laissait présager, à l'époque. Et en même temps, tout ça, c'est le fruit de ton travail. Tu l'as amené à ce niveau à la force des poignets, donc, tu le mérites.

Il ponctue cette affirmation d'un petit rire silencieux avant d'ajouter :

– Tu sais, le plus important pour moi, c'est que Raphaëlle soit heureuse. Et comme elle ne l'est qu'avec ce canasson... Merci d'être revenu la chercher !

– Merci de me le dire, murmure Pierre, très ému.

Chapitre 19

De succès en succès

À dater de ce jour, l'attitude de Pierre change du tout au tout. Ce petit cheval –qu'il a failli perdre par sa propre faute–, lui devient soudain extrêmement précieux. L'animal, qui ne demandait que ça, le lui rend bien. Et une véritable complicité s'instaure entre eux. Plus question de déléguer les soins aux palfreniers ! Pierre le masse, le cajole, le tond le plus souvent qu'il le peut. Et même le monte à cru* ! Cette complicité physique s'accompagne de longs monologues, durant lesquels il lui confie ses rêves, ses espoirs, ses projets. Jappeloup, attentif, l'écoute en remuant l'oreille et, bercé par sa voix, ferme béatement les yeux…

Cette métamorphose n'échappe pas à Raphaëlle, bien sûr. Ni à Nadia, qui observe leurs évolutions de la fenêtre de sa chambre, tout en berçant sa petite Lisa. Certes, pour un œil novice, ce cavalier qui galope dans la carrière n'est pas différent du Pierre d'avant : la même élégance, la même autorité, le même savoir-faire. Mais, pour peu que l'on soit attentif aux vibrations des êtres, on sent la connivence entre l'homme et sa monture. Une harmonie toute neuve qui se développe un peu plus chaque jour. Et que l'on pourrait appeler l'amour.

Dès lors, ils vont voler de succès en succès…

Aix-la-Chapelle, Championnat du monde 1985.

Quelque trois mille spectateurs sont massés autour du terrain du Val-Porée. Dans les gradins, Pierre revoit une dernière fois avec Nadia le parcours rutilant qui trône sur la piste. Il se remémore, obstacle après obstacle, les tracés qu'il a envisagés. Et il les compare avec ceux des concurrents qui passent.

– Reste bien derrière la ligne, hein, lui recommande sa femme. La distance est très courte…

– Oui, je vais essayer de rentrer doucement vers l'oxer.

– Fais gaffe, ça t'oblige à venir avec un peu de train et à le reprendre de suite !

Pierre hoche la tête. Les recommandations de Nadia sont toujours judicieuses. C'est une excellente cavalière !

– OK. Allez, j'y vais… Souhaite-moi bonne chance.

En bas des marches, Raphaëlle l'attend, tenant Jappeloup par la bride. Le pelage du cheval luit dans le soleil. Sa crinière est nattée et il porte un bonnet qui lui couvre les oreilles.

Pierre s'en étonne d'un froncement de sourcils.

– Il y a beaucoup de moucherons, explique Raphaëlle. Ça le gênait…

En riant, Pierre flatte le museau duveteux.

– Alors, mon Jap ? On est partis pour gagner ?

Tandis qu'il vérifie soigneusement chaque pièce de l'harnachement, Marcel Rozier l'interpelle :

– Il y a quinze numéros avant toi, tu as le temps ! Va détendre Jappeloup, je regarde le parcours et je viens te mettre des barres.

Pierre acquiesce d'un signe de tête, monte en selle et, suivi de Raphaëlle, gagne le paddock.

Franchir les barres d'entraînement, destinées à « chauffer » les concurrents avant l'épreuve, est un jeu d'enfant pour un cheval parfaitement entraîné !

– Vous pouvez me mettre un double ? lance Pierre à l'entraîneur.

Ce dernier obtempère, et installe une deuxième barre à deux foulées de la précédente, selon les normes en vigueur.

– Ça va ? s'enquiert Pierre. Je peux y aller ?

– Oui, oui, c'est bon. Vas-y !

Le cheval s'élance au galop et franchit, d'un saut parfait, la première barre. Mais au lieu des deux foulées réglementaires, il n'en fait qu'une seule avant d'aborder le second obstacle, et s'écrase dessus. Monture et cavalier sont projetés violemment sur le sol.

Des cris de stupeur retentissent.

– Oh, Pierre ! souffle Nadia, effarée.

Avec un juron, Marcel Rozier se précipite. Raphaëlle est déjà près de Jappeloup qui tente, par des mouvements brusques, de se relever.

Pierre, heureusement indemne, s'empresse de l'aider.

La chute a été rude. Une fois debout, le cheval reste immobile, groggy. Sa patte antérieure gauche, qu'il évite de poser à terre, le fait visiblement souffrir.

– Vite ! Appelez le vétérinaire ! panique Pierre.

– Je vais essayer de le faire trotter, dit Raphaëlle. Ça va peut-être s'arranger.

Avec mille précautions, elle grimpe sur l'animal, mais au bout de quelques pas :

– Arrête, crie Pierre. Il boite !

– J'ai prévenu le vétérinaire, annonce Nadia. Il arrive.

Tandis que son mari, dépité, caresse Jappeloup en soupirant, elle lui passe tendrement la main dans le dos.

– Ne t'inquiète pas, ça va aller…

Mais l'expression de son visage contredit ces rassurantes paroles. Les chances de gagner le concours semblent bien compromises.

Le diagnostic du vétérinaire est plutôt rassurant, pourtant : Jappeloup n'est pas blessé.

– Il peut courir, précise-t-il. Mais demain, il risque de souffrir… Le mieux, en attendant, est de le faire trotter pour échauffer le muscle.

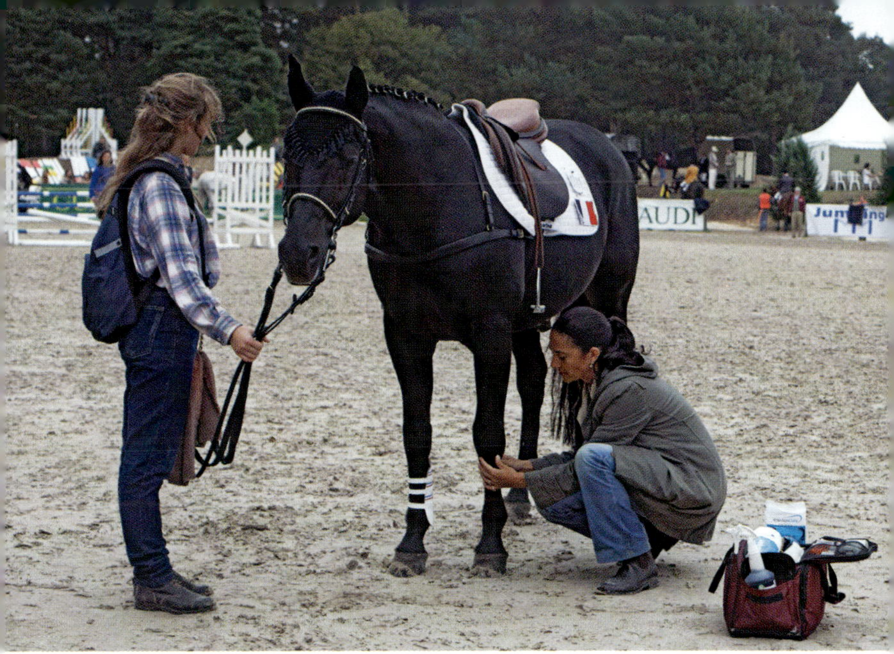

– On n'a plus que dix minutes, s'affole Marcel Rozier. Je vais aller demander aux organisateurs de te faire passer plus tard… Il faut gagner du temps !

– Pas la peine, dit Pierre.

Les sourcils froncés, la mâchoire crispée, il prend une large inspiration et ajoute, dans un souffle :

– Pour nous, le Championnat du monde s'arrête là.

D'un regard de défi, il balaie l'assistance. Et ne rencontre que des visages approbateurs.

– On n'osait pas te le conseiller…, commence Nadia.

– OK, admet l'entraîneur à regret. C'est toi qui vois.

Raphaëlle, visiblement soulagée, sourit de toutes ses dents.

– Tu as pris la bonne décision ! assure-t-elle.

Puis, posant un baiser sur les naseaux de Jappeloup, elle ajoute naïvement :

– Tu vois comme ton maître t'aime, mon beau cheval ? Il renonce à concourir pour ne pas te fatiguer… Ça, c'est un cavalier !

Pour Pierre, ce compliment vaut largement une coupe.

Chapitre 20

Une tragique erreur

En sortant de l'hôtel réservé aux concurrents, Nadia trouve son mari en grande conversation avec deux cavaliers. Des hommes entraperçus la veille, sur le paddock. Et qui ont assisté à la chute de Jappeloup.

– Ben, vous en faites, une tête ! s'exclame-t-elle joyeusement.

Pierre se tourne vers elle ; il est très pâle.

– Tu sais ce que je viens d'apprendre ? Rozier s'est planté dans la distance du double qu'il m'a placé pour l'entraînement.

C'est au tour de Nadia de blêmir.

– Quoi ? Tu en es sûr ?

– Tout à fait sûr, répond l'un des cavaliers à sa place. Je suis allé compter dès que vous êtes sortis du paddock. Ça me paraissait bizarre qu'un cheval de ce niveau commette une faute aussi stupide.

– Et alors ?

– Il n'y avait que 9 mètres entre les barrières, donc trop court pour faire deux foulées. Jappeloup a dû s'en rendre compte, mais au lieu de s'arrêter, il a pris le risque de sauter après une seule foulée – trop longue, du coup… C'était très courageux de sa part, mais il ne pouvait que se rétamer !

– Quel abruti, ce Marcel ! explose Pierre, hors de lui. On aurait pu se tuer !

Il serre les mâchoires.

– Mais il ne l'emportera pas en paradis, je vous préviens. Je vais le…

– Du calme, s'insurge Nadia. Il ne l'a pas fait exprès !

– Exprès ou pas, son erreur est impardonnable. Il m'a fait louper le Championnat du monde, quand même ! Et il n'en est pas à sa première bourde… Ça a peut-être été un grand professionnel, dans le temps. Avec un excellent palmarès. Mais il est fini. F-I-N-I, vous entendez ? D'ailleurs, ma décision est prise : je ne courrai plus en Équipe de France tant qu'il restera entraîneur. Et, croyez-moi, ça va se savoir !

Durant la semaine qui suit, Pierre ne décolère pas. Il alerte les gens de la profession, la presse spécialisée. L'éviction de Marcel Rozier devient « son cheval de bataille », comme on dit.

Il plaide si bien sa cause que les soutiens affluent. En parole, du moins. Porté par l'approbation de ses confrères, il organise alors une conférence de presse, dans un grand hôtel parisien. Hélas, le jour dit, tout le monde le laisse tomber.

Onze heures. La salle de réunion bourdonne comme une ruche. La table garnie de micros, qui doit accueillir les détracteurs du célèbre entraîneur, est encore vide. Dans la pièce voisine, Pierre tourne en rond. Il y a des heures que, le téléphone à l'oreille, il tente de motiver les cavaliers de l'Équipe de France, qui l'encourageaient hier encore. En vain : tous se défilent – ou pire : ne répondent pas… Et pour cause ! Contrairement à Pierre, la plupart d'entre eux ne sont pas propriétaires de leurs chevaux. S'ils se fâchent avec la Fédération Française d'Équitation, ils ne pourront plus jamais exercer leur métier…

– Il va falloir que j'entre seul dans la cage aux lions, se résigne Pierre, que cette perspective transit. Je n'ai pas le choix…

Comme il s'apprête à pénétrer dans la grande salle, où règne un brouhaha assourdissant, le téléphone sonne. Serait-ce un allié providentiel ?

– Allô ?

– Pierre, c'est Nadia.

– Chérie… je ne peux pas te parler, là… Les journalistes s'impatientent.

– Il n'y a toujours personne avec toi ?

– Non.

– Alors, n'y va pas. Tu vas te couvrir de ridicule…

Ce n'est pas un ordre, c'est une supplication.

– Ne t'inquiète pas, la réconforte Pierre. Je suis avocat, je sais défendre une cause !

Nadia soupire. À quoi bon argumenter ? Son mari ne se laissera pas convaincre.

– Je t'aime, lui chuchote-t-elle avant de raccrocher, la mort dans l'âme.

Le lendemain, on peut lire à la une d'un grand journal sportif :

Suite à son échec au Championnat du monde, Pierre Durand quitte l'Équipe de France. Il accuse son entraîneur, Marcel Rozier, d'incompétence, voire peut-être de sabotage…

Le ton de l'article est ironique. Comme le redoutait Nadia, Pierre, malgré son éloquence, n'a convaincu personne. Il s'est exclu lui-même d'une prestigieuse équipe. Et repart à zéro.

Les mois qui suivent ne sont pas faciles à vivre, pour Pierre. Tous ceux qui le soutenaient auparavant lui tournent maintenant le dos. Sa tentative de se faire sponsoriser par la célèbre marque de vins de Bordeaux « De Luze » s'est soldée par un échec. En dépit de ses succès passés et de la réputation de Jappeloup dans les milieux hippiques – et dans le grand public, par le biais de la télévision – son éviction de l'Équipe de France le dessert. L'absence de Serge, toujours de si bon conseil, lui pèse lourdement. S'il n'avait pas Nadia et leur petite Lisa, dont il s'occupe beaucoup, il sombrerait dans la dépression.

Sa carrière est-elle terminée ? Il en est de plus en plus persuadé, quand un soir d'hiver… Pendant le dîner, le téléphone sonne. Pierre se lève, décroche, discute un long moment. Lorsqu'il revient vers sa famille, il rayonne.

– C'est reparti, annonce-t-il à Nadia, qui l'interroge des yeux. Marcel Rozier a démissionné. Ça a mis du temps, mais mes accusations ont porté leurs fruits.

– Qui le remplace ?

– Patrick Caron, un type bien. C'est lui qui vient de m'appeler : il me veut dans l'équipe…

Des exclamations de joie saluent la bonne nouvelle. Pierre a retrouvé son sourire. Sa femme et sa mère l'assaillent de baisers…

Chapitre 21

Audace ou folie ?

Barcelone, Championnat du monde 1986.

Tandis que Pierre inspecte le terrain en compagnie de son nouvel entraîneur, Raphaëlle prépare Jappeloup aux épreuves qu'il va devoir affronter. Elle natte sa crinière, lui enduit le dos de pommade chauffante, puis plonge ses antérieurs dans une sorte de jacuzzi portable, destiné à reposer ses tendons.

Le cheval, les yeux clos, se laisse dorloter. Ces soins le plongent dans une léthargie bienheureuse, d'autant que Raphaëlle lui parle, en le massant. Ils apprécient tous deux ces instants de tendresse, si doux, avant l'effort. Il n'y a plus, alors, ni champion ni soigneuse, juste un animal et une jeune fille qui s'aiment depuis toujours…

L'irruption de Nadia dans l'écurie met un terme à leur tête-à-tête.

– Raphaëlle, tu n'as pas de cassettes pour la caméra ?

La jeune fille tombe des nues.

– Des cassettes ? Ben… non, j'ai jamais filmé de ma vie, moi.

– Flûte, je les ai oubliées à Bordeaux… Faut absolument que j'en trouve une !

Elle fait volte-face, puis se ravise.

– Tu as mangé ?

– Non, j'ai pas eu le temps.

– Bon, je t'apporte un sandwich.

Raphaëlle sourit. Avant chaque compétition, Nadia est une tornade qui va, vient, virevolte dans tous les sens ; nervosité oblige !

« Heureusement que Pierre est plus calme qu'elle ! » glousse-t-elle intérieurement.

Mais ses propres gestes ne sont-ils pas fébriles, dans l'attente du grand moment qui se soldera par une victoire – ou une défaite ?

Les concurrents se succèdent. Après un dernier tour de paddock pour chauffer sa monture, Pierre ajuste le tapis de selle quand il aperçoit Nadia, hors d'haleine.

– Où étais-tu ?

– Pfff, j'ai eu un mal fou à dégoter des cassettes pour la caméra…

Fièrement, elle brandit un sac plastique.

– Tu n'en avais pas pris ? bondit Pierre.

Houlà, il est à cran.

– Si t'es pas content, tu n'as qu'à demander à un de tes potes présentateur du journal télévisé de venir te filmer, rétorque Nadia du tac au tac. Comme ça, au moins, tu passeras au journal !

Malgré sa tension nerveuse, Pierre sourit. Quoi qu'il dise ou fasse, sa femme aura toujours le dernier mot. Il se penche vers elle pour l'embrasser.

– Tttttt, le repousse-t-elle en riant. Ce sera ta récompense si tu fais un sans-faute.

– Tu peux compter sur moi !

Il tient sa promesse, et sort de piste sous les bravos de son équipe.

Après l'avoir chaudement félicité, Patrick Caron annonce :

– Maintenant, on est à égalité avec les Anglais. Il y a barrage pour vous départager pour la médaille de bronze. Ne descends pas de ton cheval, c'est toi que j'envoie !

Pierre, dopé par sa performance, acquiesce d'un hochement de tête.

– Méfie-toi, ajoute l'entraîneur, tu vas te mesurer à Milton. Il a une plus grande foulée que Jappeloup et risque d'être plus rapide.

– T'inquiète, je vais gagner du temps sur certaines options.

– L'Anglais prendra les mêmes !

– Pas sûr… Pas sûr du tout !

Nous les retrouvons, quelques instants plus tard, sur la carrière du paddock. Pierre entraîne son cheval à tourner très rapidement, au galop. Le reste de l'équipe l'observe d'un air perplexe.

– Je ne comprends pas, dit Patrick Caron. Tu veux passer par où, pour l'abord de la rivière ?

– Je tourne dans le vertical*, je le saute de travers et je coupe devant l'oxer.

– Mais… c'est de la folie ! Tu n'auras jamais assez d'élan : une foulée et demie, ce n'est pas suffisant. Tu vas te casser la figure !

– N'aie crainte, je sais ce que je fais.

L'entraîneur, agacé par ce qu'il considère comme de l'inconscience, ouvre la bouche pour protester, mais Pierre est déjà loin.

– Sacré entêté, grommelle Patrick Caron, prenant ses coéquipiers à témoin. Et le pire, c'est qu'il est capable de réussir !

Tout le monde n'est pas de cet avis. En particulier Frédéric Cottier, cavalier émérite, qui prend aussitôt Pierre en chasse.

– Oublie cette option de la rivière, insiste-t-il, lorsqu'il parvient à sa hauteur. Personne ne l'a prise, elle est impossible !

Peine perdue : rien ne dissuadera Pierre de commettre « cette folie ».

– Il est trop tard pour changer, de toute façon, répond-il. D'ailleurs, j'ai mémorisé le parcours à un mètre près. Si je changeais maintenant, ce serait une catastrophe.

Et sur ces mots définitifs, il entre en piste sous les ovations de la foule.

Commence alors une démonstration éblouissante qui subjugue le public. Le couple semble ne plus faire qu'un. Jappeloup réagit instantanément à la plus petite sollicitation de son cavalier. Il virevolte, se ramasse, étend sa trajectoire. Les options défilent les unes après les autres, avec une facilité déconcertante.

Puis vient le moment crucial : le vertical précédant la rivière. Sur le bord de la piste, l'équipe française retient son souffle.

– Il est fou… Il est fou…, marmonne Patrick Caron entre ses dents.

Conscient de jouer le tout pour le tout, Pierre se réceptionne devant l'obstacle, et amorce une manœuvre audacieuse : le sauter de travers.

– Mince, c'est fichu ! s'étrangle Frédéric Cottier.

Fichu ? Pas sûr. Pas sûr du tout ! Après avoir passé le vertical, ils font demi-tour sur place pour se retrouver face à la rivière. Le cheval n'a qu'une foulée et demie pour prendre son élan, mais qu'à cela ne tienne : Pierre serre les jambes avec un « Allez ! » qui résonne dans le silence du stade. Et c'est le miracle : Jappeloup s'allonge au maximum pour tenter de couvrir la largeur de la rivière, et se propulse. Le bond est inouï. Le public n'en croit pas ses yeux. Un souffle d'admiration mêlée de stupeur s'élève. Nadia baisse sa caméra pour mieux voir.

– Il va passer…, bredouille Patrick Caron. IL PASSE ! Quel diable d'homme !

– Et quel diable de cheval ! ajoute Frédéric Cottier.

La foule se lève – mais en silence, car il reste un dernier obstacle, et il ne faut pas déconcentrer le couple.

– Filme, sapristi ! lance Raphaëlle à Nadia, qui est restée bouche bée.

Entre-temps, Jappeloup a franchi avec brio le dernier obstacle et galope vers la ligne d'arrivée. Top chrono : 86 secondes 74. Cette fois, la foule laisse éclater son enthousiasme. Un immense ovation s'élève des gradins. Tout en caressant son cheval hors d'haleine, Pierre gagne la sortie. Il ne s'est jamais senti aussi heureux.

– Tu as réussi, espèce de taré ! l'interpelle Patrick Caron, rayonnant.

– C'était magnifique ! roucoule Nadia.

– Raphaëlle, emmène Jappeloup à l'ombre et donne-lui à boire, dit Pierre, en mettant pied à terre.

Puis, se tournant vers les Français qui l'entourent :

– Ne chantons pas trop tôt victoire, recommande-t-il. Il reste un concurrent, et de taille ! John Whitaker, sur Milton : le champion anglais. Si quelqu'un peut gagner, c'est bien lui !

– Tu es plus rapide, tranche Frédéric Cottier.

Exact : le dernier concurrent accomplit le parcours en 88 secondes 37, se plaçant derrière Pierre et Jappeloup. La France est donc médaille de bronze, et Pierre prend la tête du classement provisoire individuel.

– Regarde le PDG de De Luze, glisse Nadia à son mari, tandis que le président du jury annonce les résultats. Il est aux anges ! Lui qui hésitait à te sponsoriser…

– Oui, et je te parie qu'au prochain concours, mon Jappeloup pourra ajouter « De Luze » à son nom, répond Pierre, ravi.

Chapitre 22

AU FEU !

Son premier geste, de retour à l'hôtel, est d'appeler sa mère, restée à Saint-Seurin avec Lisa.

– J'ai tout suivi à la télé, s'exclame-t-elle, avant qu'il ait le temps de placer un mot. Tu es le premier des soixante-treize cavaliers, sur quinze nations ! Le meilleur au monde ! Ah, si ton père pouvait voir ça, comme il serait fier…

Pierre, plus ému qu'il ne veut le paraître, s'empresse de tempérer son enthousiasme :

– Attends, rien n'est définitif. Demain, il y a l'épreuve tournante pour les quatre finalistes. Ça peut changer la donne.

– Oh, je suis bien tranquille !

Tranquille, Pierre l'est nettement moins. Car la tournante consiste à échanger son cheval avec un autre cavalier. Or, Jappeloup est exclusif, fusionnel. C'est cette fusion qui le pousse à se dépasser. Qui sait comment il se comportera avec un étranger ?

Patrick Caron, auquel Pierre fait part de ses réticences, le rassure de son mieux :

– Ce sera Gail Greenough, la Canadienne, qui le montera. Elle est très douce…

– Justement ! J'ai peur qu'elle ne s'en sorte pas.

– Au lieu de te prendre la tête, concentre-toi sur son cheval, à elle. Le plus important n'est pas qu'elle s'en sorte, mais que tu t'en sortes, toi !

C'est la voix de la sagesse, mais Pierre ne retrouve pas sa sérénité pour autant. À tel point que le lendemain, son premier tour de piste se solde par deux barres et une pénalité. La cavalière canadienne et son groom, qui l'attendent à la sortie, récupèrent Jappeloup pour le préparer à l'épreuve tournante. Et c'est la mort dans l'âme qu'il les voit s'éloigner, tandis que Raphaëlle lui amène le cheval qui lui a été attribué.

Ses craintes n'étaient pas fondées. Jappeloup sort grand vainqueur de l'épreuve.

Il est champion du monde.

La foule l'acclame debout.

Lui, pas son cavalier, qui n'est arrivé qu'à la quatrième place…

Durant le trajet du retour, que Pierre effectue avec Patrick Caron dans la voiture de Frédéric Cottier – tandis que Nadia prend le train, et que Raphaëlle accompagne Jappeloup dans un des camions –, le jeune homme livre le fond de sa pensée :

– Si ça se trouve, Marcel Rozier avait raison : j'ai un très bon cheval, mais je ne suis pas un bon cavalier…

– Oh, arrête ! proteste l'entraîneur. Qu'est-ce qui te prend ?

– Gail ne connaissait rien à Jappeloup, et pourtant elle a fait un sans-faute.

– Oui, c'est une excellente cavalière.

– Meilleure que moi, sans doute. En fait, je ne mérite pas un tel cheval…

Patrick Caron et Frédéric Cottier, perturbés par cet accès d'humilité, échangent un regard incrédule.

– Tu rigoles ? s'écrie ce dernier. Je te rappelle

que tu as fait quatre parcours sans faute, ce week-end. Ce n'est jamais arrivé, à Barcelone !

– Rien que cette année, tu as été vainqueur à Bercy, Rome, Hickstead…, énumère l'entraîneur.

– Et Londres !

– Ah oui, Londres, j'oubliais. Grand Prix, Coupe du monde. Et là, tu finis quatrième mondial. Pour un « mauvais cavalier », tu te défends bien, je trouve !

Pierre soupire. Il le sait bien qu'ils ont raison. Mais la victoire de Jappeloup, dont il se sent exclu, lui reste en travers de la gorge.

Machinalement, il regarde par la vitre qu'arrose une pluie battante, et pousse une exclamation étouffée :

– Oh ! Regardez !

Une fumée épaisse s'échappe d'une aire de repos.

– Ralentis, Frédéric !

Un camion vient de percuter l'un des piliers de la station service. Et ce camion, c'est…

– Jappeloup ! hurle Pierre.

Frédéric pile net et se range sur la bande

d'arrêt d'urgence. Les trois hommes jaillissent de l'habitacle et, sans même songer à fermer les portières, traversent en courant le terre-plein qui les sépare de la station-service. Autour du véhicule en feu s'agitent des silhouettes : Raphaëlle et les palefreniers, en pleine crise de panique.

– On a perdu le contrôle à cause de la pluie ! crie l'un d'eux.

Sans prendre le temps de réfléchir, Pierre bondit dans la cabine embrasée.

– Non ! beugle Raphaëlle. C'est de la folie !

Il enclenche la marche arrière. La fumée lui pique les yeux ; une odeur atroce le saisit à la gorge. Le grésillement des flammes emplit ses oreilles. Mais il n'a qu'une idée, une seule : éloigner le camion de la pompe à essence, pour éviter l'explosion.

La manœuvre n'a pris que quelques secondes. Frédéric et Patrick se précipitent vers le pont arrière, pour tenter de l'ouvrir.

– Vite ! crie Pierre, en leur prêtant main-forte.

La chaleur a dilaté le métal et bloqué l'ouverture. À l'intérieur, on entend s'agiter les chevaux. Le fracas de leurs sabots sur la tôle se mêle au grondement de l'incendie. Les trois hommes s'acharnent sur le mécanisme qui finit par céder.

Des hennissements affolés les accueillent. Flambeau, qui occupe la première stalle, a sur le dos une couverture en feu. Frédéric Cottier retire son blouson trempé pour le jeter dessus, tandis que les grooms évacuent l'animal, ainsi que les deux suivants.

En dépit de la chaleur suffocante, Pierre fonce vers le dernier compartiment pour libérer Jappeloup. Le cheval, environné de flammes, tire frénétiquement sur sa longe, les yeux exorbités, les naseaux palpitants.

– Du calme… Du calme…, l'exhorte Pierre.

Au même moment, la lanière de cuir, carbonisée, cède sous ses efforts désespérés, et, bousculant son maître, il s'enfuit.

Ses sabots glissent sur le bitume mouillé ; il tombe une première fois, puis une deuxième, mais se relève et, en proie à une peur éperdue, fonce au triple galop vers l'autoroute.

Avec des cris d'effroi, les hommes le prennent en chasse.

Jappeloup, terrorisé, traverse la voie de gauche, au milieu des voitures qui roulent à toute allure. Pierre en fait autant, tandis que ses compagnons tentent, à grand renfort de gestes, d'interrompre la circulation. En vain : par ce temps et à cette vitesse, le flot ininterrompu ne ralentit même pas.

Une première voiture fait une embardée pour éviter le cheval qui surgit de la pluie, échappant de peu à la collision. Celle qui la suit zigzague pour ne pas la percuter…

– Aïe, aïe, aïe, souffle Frédéric Cottier, paralysé d'horreur. On est bons pour le carambolage, là !

Par miracle, non. Parvenu sur l'herbe du terre-plein central, Jappeloup semble soudain prendre conscience du danger. Il ralentit, se met au trot. Pierre le suit au pas de course et tente de lui parler.

– Doucement, Jap… Doucement… Je suis là… C'est fini…

Mais le grondement des moteurs, les coups de klaxons et les crissements de freins couvrent sa voix. Et l'animal repart avant qu'il l'ait rejoint.

Combien de temps dure la course-poursuite ? Une demi-heure ? Une heure ? Jusqu'à ce que Jappeloup, ayant évacué sa tension nerveuse, s'immobilise enfin. Il était temps : Pierre titube de fatigue…

Le cheval le regarde approcher, sur le qui-vive. Prêt à repartir à la moindre alerte. Ses membres sont secoués d'énormes tremblements, ses naseaux palpitent en accéléré.

– J… Jappeloup… Mon beau…, ahane Pierre, hors d'haleine.

À bout de force, il attrape la longe rongée par le feu et tire le cheval à lui. Celui-ci se laisse faire – enfin. Une longue, très longue séance de caresses aura raison de ses craintes.

Celles de Pierre, en revanche, le hanteront longtemps sous forme de cauchemars et de bouffées d'angoisse.

Chapitre 23

INQUIÉTUDE

Octobre 1988, stade olympique de Séoul.

Une foule gigantesque et cosmopolite gronde dans les gradins. Ce brouhaha assourdissant, bien que composé de langues disparates, témoigne d'une passion commune. Quelle que soit leur origine, les spectateurs vibrent à l'unisson, car l'amour du sport est universel.

Face à cette marée humaine, à ses attentes, à ses espoirs, l'Équipe de France se tient sur la touche. Trac et excitation tenaillent les concurrents, ainsi que leur entraîneur. D'autant que Frédéric Cottier, chevauchant Flambeau, vient d'entrer en piste…

Son apparition déclenche une ovation, bientôt suivie d'un silence attentif. Elle ne reprendra, plus puissante encore, qu'à l'instant où le cavalier et sa monture franchiront

la ligne d'arrivée, au terme d'une impeccable prestation.

– On est troisièmes, pour la compétition en équipe, souffle alors Patrick Caron, les yeux rivés au tableau d'affichage lumineux. Médaille de bronze !

Cette fois, l'explosion de joie est dans les coulisses !

À la tombée du jour, la délégation française au complet – famille et amis compris – se retrouve dans un bar pour fêter la victoire. L'ambiance est joyeuse, très décontracté : on discute, on rit, on se congratule…

Cependant, comme la soirée bat son plein :

– Je vais me coucher, glisse Pierre à Nadia.

Elle s'étonne :

– Déjà ? Il est à peine vingt et une heures.

– J'ai besoin d'une bonne nuit de sommeil : demain, c'est l'épreuve individuelle.

Patrick Caron, qui l'a entendu, approuve chaudement.

– Vous devriez en faire autant, les gars ! lance-t-il à la cantonade.

Des protestations lui répondent ; il n'insiste pas. Mais tandis que Pierre gagne discrètement la porte, il lui recommande :

– Fais le vide dans ton esprit avant de t'endormir, hein !

– T'inquiète, je vais roupiller comme un bébé… Bonne soirée ; je te confie ma femme !

Pour gagner le complexe hôtelier réservé aux participants, Pierre doit traverser le village olympique. Chemin faisant, il longe les écuries… et sursaute. Le box de Jappeloup est éclairé et la porte grande ouverte.

Avec une exclamation de surprise, il s'y précipite. Pour trouver Raphaëlle et la vétérinaire de l'Équipe de France au chevet du cheval.

– Qu'est-ce qu'il se passe ?

– Il a la colique, explique Raphaëlle, le visage crispé. J'ai essayé de te prévenir, mais tu n'étais pas à l'hôtel…

Pierre encaisse la nouvelle comme un coup de poing dans l'estomac.

– Comment est-ce possible ? demande-t-il d'une voix sans timbre. On lui a mis exprès une litière en copeaux de papier, et sa nourriture est la même qu'en France.

– À mon avis, c'est l'eau, dit la vétérinaire. Son organisme ne s'y habitue pas. Du coup, je suis bien embarrassée : si je lui fais une perfusion, il sera positif, demain au départ, et si je ne fais rien, je ne suis pas sûre qu'il puisse partir…

À chaque mot qu'elle prononce, Pierre se décompose davantage. Son pire cauchemar est en train de se réaliser.

– … Il faudrait qu'il se réhydrate, qu'il boive beaucoup, mais pas cette eau !

Un sursaut de colère. Pierre dit « non » au cauchemar :

– Attendez-moi, je reviens, s'écrie-t-il. Et ne prenez aucune décision avant mon retour !

Un long moment d'incertitude passe. Raphaëlle masse Jappeloup, allongé sur sa litière. La vétérinaire l'examine à nouveau, puis consulte sa montre.

– Il faut que j'y aille, moi…

La jeune fille hoche la tête sans répondre. Au même moment, un bruit de moteur trouble le silence nocturne. C'est Pierre, dans l'un de ces petits taxis coréens qui desservent le village olympique. Il fait le tour de la voiture, ouvre le coffre, et en sort des packs de bouteilles d'eau minérale qu'il entasse devant le box de Jappeloup.

Raphaëlle, tout d'abord surprise, le regarde vider une première bouteille dans l'abreuvoir, avant d'intervenir :

– Attends, je m'en occupe.

– OK, mais je veux d'abord m'assurer qu'il boit.

– Je m'en occupe, je te dis. Va te reposer : tu as besoin de lui, demain, mais lui aussi a besoin de toi !

C'est la voix de la sagesse. À regret, Pierre s'éloigne, le ventre tenaillé par l'inquiétude. Mais que pourrait-il faire de plus ?

Le lendemain, après une nuit agitée, l'inquiétude est toujours là, intacte. Elle ne s'efface qu'à la seconde où Pierre aperçoit Raphaëlle, sortant du box en compagnie de la vétérinaire. Elles ont toutes deux le sourire aux lèvres…

De loin, la jeune fille mime le V de victoire.

En trois enjambées, Pierre est près de son cheval qui se roule joyeusement dans la paille. À son entrée, Jappeloup se relève, les oreilles dressées. Il est à l'affût, disponible, l'œil vif… bref, en pleine forme !

– Ah, mon beau ! Comme tu m'as fait peur ! glousse Pierre en le couvrant de caresses.

Rassuré, il rejoint le reste de l'équipe qui examine le terrain, pour reconnaître le parcours de la première manche. Tout autour d'eux, l'immense stade, vide. Il est sept heures du matin.

– Impressionnant, hein ! dit Pierre à Frédéric Cottier.

L'entraîneur approuve distraitement. Il suit des yeux les cavaliers qui comptent les pas entre les obstacles, et étudient les trajectoires possibles.

Très vite, Pierre détermine sa tactique : il privilégiera la perfection du style sans tenir compte du chronomètre. Vu la hauteur des barres et la complexité des combinaisons, mieux vaut dépasser le temps imparti que courir le risque de manquer un saut.

– Tu as raison, approuve son entraîneur. Les pénalités de temps sont très peu élevées. Et si tu fais un sans-faute dans les deux manches, la médaille d'or est à toi !

La médaille d'or des jeux Olympiques... Pierre a le cœur qui bat. C'est le but de sa vie, le couronnement de sa carrière.

– On va y arriver ! On DOIT y arriver ! rumine-t-il, en regagnant l'écurie.

Cette phrase chargée d'espoir, il la répète à son cheval, encore, et encore, comme pour l'en convaincre.

– On va y arriver ! On DOIT y arriver !

Comme pour marquer son accord, Jappeloup tend sa tête aux caresses. Il est prêt à se donner à fond.

Chapitre 24

La victoire finale

La première manche est un succès. Un parcours sans faute – le seul de la matinée – assorti de 0,25 point de pénalité pour temps dépassé ; autant dire rien. Pierre est le mieux placé de tous les concurrents.

Comme il se dirige vers le paddock pour détendre son cheval avant la deuxième manche, il croise Frédéric Cottier, la mine défaite. La seconde manche lui a été fatale.

– Ça va ? compatit-il. Pas trop déçu ?

L'autre hausse les épaules d'un air las, et recommande :

– Fais attention : l'avant-dernier, le gros oxer… tout le monde fait la même faute : ils ne pensent qu'à la largeur et le prennent tous dans les genoux. Il faut l'aborder comme un vertical, pas comme un oxer.

Pierre, touché, sourit.

– Merci… Autre chose ?

– Non. Aie confiance en toi comme nous avons confiance en toi.

Cette confiance, Pierre tente, passionnément, de la transmettre à son cheval. Mais ce n'est pas si simple. Dans le couloir menant à l'entrée de la piste, ses souvenirs d'échecs lui reviennent en vrac. Comme si sa mémoire, sélectionnant ses pires réminiscences, les lui projetait en accéléré.

Arrêt sur image : la chute de Los Angeles.

« Oh, non », s'affole Pierre.

Il a le sentiment d'être dans un tunnel. Les sons ambiants forment une pénible cacophonie à ses oreilles. Tout se brouille devant ses yeux. Il ferme les paupières…

Quand il les rouvre, c'est pour voir le regard anxieux de Nadia, qui l'observe des gradins. Dans un sursaut de volonté, il lui fait signe : « Tout ira bien ». Puis il retire sa bombe, au fond de laquelle est collée une photo de Serge.

« Tout ira bien, papa. »

Une ovation soudaine secoue le stade. Karsten Huck, le concurrent allemand, vient de faire un sans-faute. Patrick Caron et le reste de l'équipe arborent des mines consternées. Près d'eux, Gail Greenough, championne du monde, sourit à Pierre qui vient d'apparaître, les doigts croisés en guise d'encouragement.

D'une large inspiration, Pierre soulage la tension qui l'oppresse et s'élance sur la piste.

– Ne t'arrête pas, Jap ! Ne t'arrête pas, je t'en supplie !

Obstacle numéro 1. Le saut est calme, parfait.

Des gradins, Nadia regarde le couple galoper vers le deuxième obstacle, un vertical avec des chandeliers bleus en forme de dragon. Jappeloup s'enroule autour de la barre. Nadia retient son souffle. Raphaëlle est livide.

Pierre prend son virage, comme il l'a prévu, pour aborder le triple composé de trois obstacles monstrueusement hauts et larges. Avec un calme qui le surprend lui-même, il contrôle parfaitement la foulée de Jappeloup, et l'amène, sans effort, à franchir la combinaison.

Ensuite viennent des palanques aux couleurs de Séoul. Pierre reprend légèrement son cheval qui, de nouveau, s'enroule, sans difficulté, autour de l'obstacle. Sa course est limpide, d'une maîtrise implacable, tandis qu'il galope vers le gros oxer rose…

… au-dessus duquel il semble s'envoler.

Une rumeur d'admiration monte de la foule, les applaudissements crépitent.

– Plus que quatre, murmure Nadia, agrippée aux mains de Patrick et Frédéric.

Pierre aborde à présent l'énorme double, avec des chandeliers en forme de bateau. Une complicité sans faille l'unit à sa monture, qui répond à la moindre de ses sollicitations.

D'un bond démesuré, Jappeloup franchit l'obstacle ainsi que le vertical suivant.

– Plus que deux…

Les voici à présent devant le gros oxer dont parlait Frédéric. Jappeloup, qui ressent la nervosité de son cavalier, donne lui aussi des signes d'énervement. Pierre le reprend un peu vivement ; l'animal se cabre et tire sur ses rênes.

– Hoooolà…

Le saut est moins habile que les précédents. Les antérieurs du cheval effleurent la barre, mais sans la faire tomber.

– Bien… Bien…, le félicite Pierre.

Il s'est ressaisi. Jappeloup aussi, de sorte qu'ils abordent le dernier obstacle dans un style magistral. Le public, déchaîné, se lève et salue à tout rompre… LES CHAMPIONS OLYMPIQUES !

À travers ses larmes de joie, Pierre voit ses proches rire, pleurer et se précipiter vers lui. C'est un moment d'ivresse intense, un moment inouï. Et tandis qu'il descend de son cheval pour tomber dans les bras de sa femme et de ses amis, Raphaëlle s'avance. Elle prend très doucement Jappeloup par la longe, et, sans un mot, l'entraîne vers l'écurie. Cette victoire, c'est avec lui qu'elle la célébrera. En tête-à-tête. Seule auprès de ce cheval qu'elle a vu naître, qui l'aime, qu'elle aime, et qui, aujourd'hui, est devenu un mythe.

Petit lexique du cheval

Bandes : bandes qui protègent et maintiennent les jambes des chevaux pendant le repos, le travail ou le transport.

Barres : éléments mobiles de l'obstacle que le cavalier doit faire franchir à son cheval sans les faire tomber.

Bétaillère : camion destiné au transport du bétail.

Bombe : casque avec visière protégeant la tête du cavalier.

Bouchonner : action de passer le bouchon, une brosse dure, pendant le pansage.

Box : petite pièce où loge le cheval dans l'écurie quand il n'est pas au pré.

Bride : filet avec deux mors et quatre rênes.

Carrière : espace extérieur découvert le plus souvent délimité par des lices (barrières en bois) et recouvert de sable.

Chaps : protections de cuir s'ajustant sur les jambes des cavaliers qui portent des boots.

COMMISSAIRE DE PISTE : responsable du respect du règlement et du bon déroulement d'un parcours équestre.

CROSS ÉQUESTRE : parcours d'obstacles fixes (haies, troncs…) placés en pleine nature et qui doit s'effectuer en un temps donné.

CRU (MONTE À) : monte sans selle.

GROOM : personne qui s'occupe des chevaux pour un cavalier lors des compétitions de sauts d'obstacles : il prépare le box, harnache le cheval, etc.

HARAS : lieu où l'on élève des chevaux.

LONGE : longue corde qui se fixe au licol et qui sert à mener et à attacher un cheval. Elle est aussi utilisée pour dresser un cheval.

MARÉCHAL-FERRANT : personne chargée de couper la corne des sabots et de poser des fers sous les sabots pour les protéger.

OBSTACLES FIXES : obstacles de nature diverse qui ne tombent pas en cas de choc.

OXER : obstacle large composé de deux plans parallèles.

OXER POLONAIS : obstacle dont les barres sont en croix ou en oblique.

PADDOCK : enceinte où les chevaux, à l'entraînement ou lors des concours, s'exercent.

PALEFRENIER : personne chargée de nettoyer les écuries et de s'occuper des chevaux.

PIROPLASMOSE : maladie transmise par des tiques.

PUR-SANG : race de cheval, réputée pour sa rapidité, qui est très utilisée dans les différents concours équestres.

RÊNES : lanières, reliées au mors du cheval, que tient le cavalier pour diriger sa monture.

ROBE : ensemble des poils et des crins d'un cheval.

SPA : obstacle large formé de trois barres en escalier.

TORD-NEZ : outil utilisé pour calmer et immobiliser un cheval.

TRIPLE : trois obstacles élémentaires disposés sur une ligne et séparés par une à trois foulées.

TROTTEUR : race de cheval sélectionnée surtout pour la course de trot.

VAN : remorque utilisée pour le transport des chevaux.

VERTICAL (OU DROIT) : obstacle construit sur un seul plan vertical.